Double vie
à Loctudy

Nous remercions tout particulièrement les Éditions YCA à Quimper pour leur participation (photo de couverture) et vous recommandons leurs magnifiques cartes postales.

Jean-Pierre LE MARC

Double vie à Loctudy

Collection

ENQUÊTES & SUSPENSE

Quadri Signe - Éditions Alain Bargain
125, Vieille Route de Rosporden - 29000 Quimper
E-mail : editions.alain.bargain@wanadoo.fr
Site internet : perso.wanadoo.fr/editions.bargain

En souvenir de Papa,
ce marin au sourire si doux.

À notre Gis, auprès de qui nous retrouvons
nos sources maritimes.

À tous mes ancêtres, ces quelques pages…
et un gros bisou à travers le temps.

PROLOGUE

Le deuxième coup de masse fit littéralement exploser la porte vitrée. L'alarme aurait beau jeu de sonner dans les locaux de la société de surveillance ou chez les gendarmes. Ils avaient au moins quinze kilomètres à parcourir de nuit avant d'arriver sur place. Quinze kilomètres à une vitesse maximum de cent dix à l'heure. C'était plus de temps qu'il n'en fallait pour franchir la vitre brisée et défoncer les étagères. L'ombre cagoulée, aux mains gantées de cuir, agissait relativement vite. Son souffle était court et sonore. La masse pulvérisa les tiroirs de rangement des médicaments. Des dizaines de boîtes de calmants, de tranquillisants, se répandirent sur le sol. Les mains les enfournèrent rapidement dans le grand sac posé par terre. « Facile, trop facile. J'ai la trouille, bon sang, j'ai la trouille. » Les mots lui roulaient dans la tête comme autant de menaces. La sueur coulait sous sa cagoule. La caméra de surveillance filmait tous les mouvements. L'ombre saisit le sac et la masse et disparut du champ. Elle se hâta vers une voiture garée un peu plus loin. Le moteur ronronnait. Le sac passa dans le coffre et l'ombre s'assit sur le siège de droite.

— Ça a été ? demanda le chauffeur.

— Oui, mais dégage, dégage ! dit la voix essoufflée.

La voiture roulait déjà, mais à vitesse normale. Le chauffeur avait pris une route différente de celle par laquelle viendraient les gendarmes.

— Tut, tut... Tu t'affoles. C'est mauvais pour les nerfs et pour la santé. Vois-tu, dans ces petites pharmacies de campagne, ils ne peuvent pas deviner que, lorsqu'on vient acheter des produits à la gomme, pratiquement invendus, ça permet de repérer les lieux. Surtout si c'est moi qui fais le repérage. Enlève cette cagoule, tu as l'air d'un gangster. Remets ta veste et boucle ta ceinture. Encore un joli coup, n'est-ce pas ? Tu arrives au bout de ton contrat. Tiens, c'est pour toi.

Le chauffeur lui tendit une enveloppe de papier kraft. Elle était bourrée de billets de banque. Avant huit heures du matin, la voiture serait garée place de la gare à Quimper, près de l'agence de location. Le plein d'essence serait fait. Les faux papiers qui avaient servi à la louer étaient d'une perfection totale.

— Cent cinquante kilomètres de détour. C'est l'affaire d'une heure et demie. Pas de problème pour les contrôles. Je roule tranquille.

I

Quatre heures du matin. Les rues de Loctudy sont désertes. La bruine et le crachin couvrant la région depuis quelques jours n'incitent guère, il est vrai, aux balades trop matinales. Mi-raisin, mi-tomate, le temps est, à la vérité, plutôt chagrin sur l'Armorique tout entière.

La dépression atmosphérique, enflant il y a quelques jours encore dans le Golfe de Gascogne, était grosse de liaisons célestes, aussi mystérieuses qu'insaisissables. De ses flatulences atlantiques si souvent imprévisibles, naissaient des avatars retors, pondus au gré des vents. Attendait-on le vent, chargé comme une outre de ses pitoyables ivresses ? Ne venaient pourtant que la brume et ses lents cortèges de créatures aux masques mous, ambassadrices d'on ne sait trop quelle tribu céleste. Quel dieu mythique se cachait donc derrière ces perturbations irritantes ? Bien inspiré… qui aurait pu le dire.

Et si la nature, qui, après tout, n'en faisait qu'à sa guise, laissait banalement libre cours à ses dérangements aérophagiques, expectorés à tous les vents de l'univers.

*

* *

Errant des Tropiques à l'Équateur, la dernière dépression atmosphérique était d'abord remontée bruyamment vers le nord, en mer d'Irlande*, avant de venir se visser dans l'ouest de l'Atlantique. Là, sur "Ouest Grande sole", apparemment satisfaite de ses galops océaniques, elle avait, semble-t-il, décidé de mettre bas. On attendait une portée de créatures sauvages ! Il n'y en eut pas ! Pas de tempêtes parcourues d'animaux aux naseaux frémissants, pas de ruades, pas de coups de col des chevaux d'écume. La cavale des grands espaces n'accouchait, banalement, que d'un crachin aussi tenace que désagréable.

La température d'ailleurs était douce et le baromètre prenait des vacances en toute stabilité. La mer, bien que grise et plombée, était d'huile. Fatigué d'une fusion entre métal et ciel, l'océan s'était mis à bâiller.

Ici, on savait donc ce qu'était un véritable temps de chien, et ses prémices ne se résumaient guère en banales brumisations atmosphériques. Et puis, qu'on aime ou pas le temps qu'il faisait, il était là, et personne, en ce bas monde n'avait le pouvoir de l'obliger à changer de costume de cérémonie.

Alors, en cette fin de nuit, accrochées à la bruine

---

*Dans la Zone VII a, entre l'Irlande et l'Angleterre, un secteur météorologiquement perturbé et bien connu des marins.

en meringues de lumière orange, les lueurs des réverbères pendaient en étranges cordons ombilicaux de sodium suspendus entre le jour et l'ombre.

Les pavés mouillés du trottoir de la rue de Kerlannick absorbaient les bruits des pas de l'homme qui, le col du blouson de mer relevé jusqu'au nez, pestait contre le temps. À la vérité, il détestait le crachin.

Dieu savait si, pourtant, les années de mer aidant, Jean-Gabriel avait connu des conditions météorologiques autrement désagréables que ce maillage humide !

En retraite de la Marine Marchande depuis une dizaine d'années, Jean-Gabriel avait naturellement repris du service comme marin-pêcheur. Patron et unique matelot d'un petit canot de six mètres vingt équipé d'un moteur monocylindre de 9 cv, le "Kérillis" hoquetait quotidiennement son « touk-touk-touk » caractéristique. Comme tant d'autres marins, Jean-Gabriel posait ses lignes dans les parages des Glénan et de l'Île aux Moutons. Plus de trente ans de "marmar*" avaient conduit Jean-Gabriel sur toutes les mers du monde. Il connaissait mieux le port de commerce de Yokohama, au Japon, que celui du Corniguel, à Quimper-Corentin.

Jean-Gabriel était un loctudiste de toujours, héritier d'une famille d'agriculteurs goémoniers. La différence était mince alors, entre le marin et le paysan,

*Marmar : La Marine Marchande si chère au cœur de tous les Bretons.

qui, au gré des saisons ou des circonstances, se penchaient tous deux, au point de n'en faire qu'un, sur le sillon de terre ou d'écume.

À 20 ans, comme tant d'autres, Jean-Gabriel avait fait son service militaire dans la Royale, effectuant son premier tour du monde sur la Jeanne d'Arc : il avait découvert San Francisco, Hollywood, Tokyo, Saïgon… et Elvis Presley était spécialement venu à Honolulu chanter pour l'équipage de “La Jeanne”. Elvis était encore ce mythe vivant qui avait crevé l'écran dans le fameux film en noir et blanc *King Creole*.

Les escales de la “Jeanne d'Arc” étaient des rêves en pointillés, des photos de calendriers des Postes, des images de livres de géographie. Alors, revenu à la vie civile, Jean-Gabriel savait qu'il ne pouvait plus, comme il l'avait un temps imaginé, jeter l'ancre dans un champ de poireaux.

Appelé par la terre, il était désormais acquis aux voyages transocéaniques. Il devait partir, partir, arpenter l'océan, ne poser son sac que le temps d'une livraison d'engrais à Tanger, d'un chargement de phosphate à Tunis, ou d'un embarquement de machines-outils à New York. Des coques grinçantes de ses débuts aux navires des grandes compagnies, Jean-Gabriel avait tout connu. Il avait subi des tempêtes aux Bermudes, des temps de chien dans l'Océan Indien, des coups de tabac monstrueux sur toutes les mers du monde. Il avait vu se lever des vagues monstrueuses sur la ligne d'horizon, entendu gronder les fauves menaçants des orages tropicaux, mais jamais, au grand jamais, il n'avait pu supporter le crachin.

La retraite venue, sa soif de voyage apaisée, Jean-Gabriel avait, pour achever son histoire en toute sérénité, jeté l'ancre dans son port d'attache de la rue des Merles, dans un petit lotissement, près de la plage de Langoz.

Célibataire, bien retraité, comblé par la vie, il s'amarrait à l'existence avec la satisfaction d'un homme sans problème.

Et c'est sans angoisse particulière, que, ce matin-là, il baignait dans cette atmosphère un peu surréaliste que l'éclairage blafard des lanternes rendait plus étrange encore.

Et puis, il avait ses habitudes. Qu'il pleuve, qu'il vente, que la brume lui brouille le regard ou que le gel lui fige le bout du nez, ses premiers pas le menaient invariablement sur la digue de Langoz où, à la belle saison, dans l'ombre fuyante, il prenait un plaisir infini, presque primitif, à voir apparaître la roche et la tourelle de Men Bret alors que scintillaient encore les feux des nombreuses balises et tourelles qui ceinturaient la baie. Face à lui, par beau temps, les îlots des Glénan émergeaient de l'océan comme un formidable sous-marin de légende. C'était un spectacle à contempler aux jumelles, entre jour et nuit, quand le phare des Moutons et la tourelle de Fort Cigogne, que l'on ne pouvait qu'imaginer ruisselants d'eau, remontaient, à l'aube, de leur voyage quotidien dans les fonds marins. Les îles n'étaient pas des rejets de l'océan. Elles étaient ses enfants naturels, ceux que créaient les dieux de la mer et du ciel dans leurs unions sauvages.

*

* *

Quelques cris d'oiseaux de mer étouffés par la bruine remontaient du port. Ils rappelaient immanquablement ces appels effrayants que les légendes bretonnes prêtent aux âmes de disparus égarés dans leur errance vers l'éternité. Un promeneur imaginatif ou aux nerfs un peu fragiles n'aurait d'ailleurs pas manqué de réprimer un frisson.

Mais il fallait bien plus que ce décor de film glauque pour effrayer un homme comme Jean-Gabriel.

Il fallait autre chose que les cris d'une bande de mouettes pour l'impressionner. Il passa sous un lampadaire. La rue de Kerlannick baignait dans une atmosphère un peu étrange, celle d'un mélange d'ombres ouatées et de crachin tenace. Jean-Gabriel avait hâte de retrouver les lumières scintillantes du port, ces balises pour un nouveau départ. Il était pressé de prendre le large.

— On y arrive, murmura-t-il comme chaque matin, tout à la hâte de gagner son bateau.

Comme tous les marins, il était captif d'un sentiment indéfinissable face à la mer. L'océan exerce un magnétisme incomparable sur les esprits. Il faut savoir s'accorder à lui mais aussi s'en méfier en permanence. Sous la mer la plus plate se cachent les pièges les plus imprévisibles. La mer est une carnassière, dévoreuse d'hommes, de coques, de mécaniques. N'en faisant qu'à son humeur, elle réduit à néant en quelques instants, les plus grands calculs mathématiques, les meilleures équations, les plus belles épures des plus beaux navires. Une différence de quelques dizaines de millibars au baromètre, peut se traduire par la plus fabuleuse tempête ou le calme le plus plat.

Débouchant soudain de l'impasse Francis Kornbout*, une forme sembla s'animer au fond de la ruelle. Jean-Gabriel s'en étonna. Il ne croisait jamais personne à cet endroit à une heure aussi matinale, durant la petite demi-heure qui le menait au port.

Jean-Gabriel s'aperçut que la forme, d'abord indistincte et qu'il avait crue immobile, venait lentement vers lui dans une crucifixion hallucinante. Il rentra le cou et, instinctivement sur la défensive, sortit les mains des poches de son blouson. La forme, enveloppée dans une tulipe de soie blanche, semblait évoluer au-dessus du sol. Alors, Jean-Gabriel vit s'approcher de lui une silhouette blanche, diffuse, fantomatique. Le crachin ne détrempait pas encore les

*1872-1973. Botaniste et ingénieur franco-hollandais, inventeur d'un célèbre modèle de corne de brume.

plis d'un ample et long vêtement blanc surmonté d'un visage aux longs cheveux blonds.

Jean-Gabriel sentit se hérisser les poils de ses bras. Pour la première fois de son existence il ressentit la peur, la frayeur viscérale, incontrôlable.

— M..., la Dame Blanche !

Les bras en croix, le fantôme, revêtu de ce grand suaire avançait désormais dans un silence absolu. Jean-Gabriel n'entendait même plus les cris lointains des mouettes. La Dame Blanche, cet ectoplasme, ce fantôme de légende, cette manifestation de l'au-delà... était là, face à lui !

Depuis une cinquantaine d'années, on évoquait régulièrement ici l'histoire de cette jeune femme, toute vêtue de blanc, que plusieurs automobilistes, dignes de foi, avaient rencontrée la nuit.

Une flamme blanche, aux gestes saccadés d'un film au ralenti, agitait le bras au bord de la route. La plupart des automobilistes, inquiets ou croyant avoir rêvé, passaient leur chemin en accélérant. Les plus téméraires ou les plus inconscients s'arrêtaient.

D'une voix douce, une jeune femme blonde au teint pâle demandait :

— Je suis en retard. Pouvez-vous me prendre près de vous ?

De tous ceux qui s'arrêtaient, personne n'avait su résister au regard implorant de la jeune femme. Elle montait dans la voiture et s'asseyait sans que le siège ne semble supporter son poids. La portière se fermait toute seule. Un parfum extraordinaire prenait immédiatement possession de l'atmosphère. C'était un mélange subtil de fleur, de miel, d'océan et de ciel. La jeune femme s'enveloppait dans son long vêtement blanc.

— J'ai froid, s'excusait-elle d'une voix douce et étrangement musicale.

— Voulez-vous que je mette le chauf…

Elle rejetait simplement la tête en arrière et se laissait aller…

— Non. Ça ne servirait à rien. S'il vous plaît… Je vais simplement vous dire où me conduire.

Au chauffeur, troublé sinon inquiet, elle indiquait un parcours vers un chemin oublié, menant à un ancien carrefour où l'on ne passait plus souvent.

— Je vous remercie beaucoup, disait alors la jeune femme. Vous êtes très gentil. Voyez-vous, c'est ici que je suis morte, il y a très longtemps, dans un accident de voiture. Un des premiers de l'époque.

Et, dans un grand tourbillon vaporeux, la portière s'ouvrait et la passagère disparaissait dans le néant. Légende, farce macabre ? Nul ici n'aurait eu l'outrecuidance de l'affirmer.

Tout était possible dès lors que l'on évoquait le trépas. Le char de l'Ankou, sinistre messager de la mort, avait alimenté les veillées durant des décennies. Les voix déchirées des vieux conteurs rappelaient de tout temps le défilé des âmes hurlant leur détresse des nuits durant. Les femmes, les enfants, terrifiés, s'avançaient tremblants vers la lumière des chandelles ou le feu de l'âtre. Alors, les yeux du vieux, assis au bord de l'âtre, brillaient d'un éclat étrange. Il crachait dans le feu pour conjurer le mauvais sort. Chacun se signait, alors que s'installait un silence inquiétant : l'Ankou venait frapper à la porte.

— Il arrive. L'Ankou est là ! Écoutez ! On entend grincer les roues de sa charrette.

Chacun entendait ce qu'il voulait et, à la terreur succédait l'épouvante. Dans le silence de la nuit, venus de nulle part, bruissaient des milliers de battements d'ailes.

— Ce sont ses oiseaux, disait le conteur. Il y aura un mort dans le hameau demain matin.

Les vieux marins, quant à eux, connaissaient mieux le "*Bag Noz*", le terrible "bateau de nuit" de l'Ankou : le "*Bag Noz*", qui ne naviguait que de nuit et par un épais brouillard, était mené par un terrible capitaine, le premier mort de l'année. L'équipage – marins à la peau parcheminée, aux yeux vides, aux visages décomposés, portant chacun un corbeau sur l'épaule – manœuvrait sous le regard de l'Ankou, armé de sa faux. La longue barque pontée glissait silencieusement dans le brouillard. Accostait-elle dans un port, que des ombres mystérieuses surgissaient du néant et, empruntant une passerelle invisible, embarquaient pour l'éternité. Un cri lugubre retentissait parfois – celui de l'Ankou, donnant un ordre de manœuvre – alors que des grincements de poulies annonçaient le départ du navire vers l'au-delà. Une odeur de charnier couvrait celle de l'air marin. Malheur à celui qui, l'âme noire d'hypocrisie et de malfaisance, croisait le chemin de l'Ankou dans les lueurs rougeâtres et la brume du soleil levant. Il devait alors s'apprêter à affronter les tourments de la nuit éternelle.

*

* *

Jean-Gabriel n'avait pas eu le temps de réfléchir. La forme vaporeuse était déjà là, face à lui. Elle le frôla et ses yeux grands ouverts se tournèrent lentement vers le marin, cloué au sol par la peur et la surprise. C'était une jeune femme au visage très pâle aux très longs cheveux flottant sur les épaules. Un léger sourire se dessinait sur ses lèvres.

— Viens, suis-moi, dit-elle d'une voix très douce, une de ses mains, dans un mouvement lent de battement d'aile de mouette, tentant de l'attirer vers elle.

Terrorisé, Jean-Gabriel recula.

La forme continua à avancer dans le brouillard et ses bras s'étendirent de nouveau de chaque côté de son corps. C'est avec la même lenteur irréelle que son visage regarda une dernière fois le marin. « Viens, viens, accompagne-moi là-bas ! », disait elle d'une voix traînante. « Là-bas, là-bas. » Elle se mit à rire, le brouillard l'enveloppa.

Une terreur panique, primale, s'empara de Jean-Gabriel. Terrifié, il courut jusqu'à la criée comme il n'aurait jamais cru pouvoir courir de sa vie. Les poumons déchirés par l'effort, il ne s'arrêta qu'une fois arrivé sur le quai étrangement désert. Il longea la Coopérative maritime, les ateliers de mécanique et les magasins de marée, regardant longuement autour de lui. Il se remit à courir sur le quai Rémy Le Lay.

Deux minutes plus tard, ses pas sonnaient sur le ponton. Il franchit d'un bond le franc-bord de son navire. Ses mains fouillèrent fébrilement ses poches à la recherche de ses clés. Il les trouva enfin, et, trempé de sueur et de crachin, s'enferma à double tour dans la passerelle.

— Bon sang, ce n'est pas vrai, ce n'est pas vrai ! haleta-t-il enfin, au bord de l'asphyxie.

*

*   *

Quelques jours plus tard, l'attention de Jean-Gabriel – évidemment remis de ses émotions – fut attirée par un article signé G.L.M. dans le journal local. Un petit reportage évoquait l'arrivée à Loctudy, rue Francis Kornbout, d'Angélique Dumontel, une généalogiste professionnelle qui, disait l'article, possédait une belle réputation dans son milieu. « Ma famille est d'origine française. J'ai beaucoup voyagé et vécu à l'étranger avant de m'installer à Paris. J'ai voulu me spécialiser dans tout ce qui touche à l'Amérique latine. Je m'adresse essentiellement à des professionnels... », confiait-elle à la journaliste. « Les gens sont souvent surpris de découvrir des trajets inexplicables de leur famille. Savez-vous que certains noms, apparemment très bretons, sont, en réalité, originaires du Nord de la France. Le XVIIe siècle était très demandeur de verriers sur le littoral, où l'on préparait la soude, utilisée dans cette industrie. »

Lassée du bruit, du trafic mécanique, du confinement dans les enceintes de béton, Angélique avait choisi de quitter Paris pour s'installer à la pointe de la Bretagne.

« Mon père m'a parlé de Loctudy, il y a quelques années. J'ai trouvé plusieurs sites sur internet. Grâce au web d'ailleurs, je suis en contact permanent avec des généalogistes du monde entier. Je désire rester ici. Je ne peux plus vivre dans une grande cité... », expliquait-elle.

— Alors ça ! s'exclama Jean-Gabriel, c'est fantastique. Mais c'est ma Dame Blanche !

Le marin n'avait soufflé mot de son étonnante rencontre. Sa première frayeur passée, il avait rapidement retrouvé... ses esprits. Dix minutes plus tard, il prenait la mer et oubliait cette affaire. Le lendemain matin, il repassa d'ailleurs à l'heure habituelle dans la rue de Kerlannick, sans faire de rencontre. Seul, un lampadaire éclairait le fond de l'impasse

Francis Kornbout, déserte. Il sourit de sa frayeur passée.

Mais, étant un brave homme, il s'était pourtant inquiété de savoir si, après sa fuite précipitée, la "Dame Blanche" n'avait pas eu d'accident.

« On l'aurait trouvée, ou quelqu'un l'aurait recherchée... », pensa-t-il.

Il tenta de se rassurer. « Elle a dû rentrer à la maison. »

Ses sentiments, pourtant, étaient partagés entre souci de discrétion et inquiétude. Se répétait-il que tout cela ne le regardait pas, une pensée l'obsédait cependant : « Elle pourrait tomber dans le port... ou se casser une jambe sur les rochers à la marée montante. Ah ! Et de quoi aurais-je l'air alors que j'étais au courant ? »

Bien que n'ayant aucune responsabilité dans l'affaire, il estimait se trouver moralement dans une situation de non-assistance à personne en danger. Cette idée le culpabilisait d'autant plus que personne n'avait évoqué une telle mésaventure dans le quartier du port.

— Ah ! Ça m'embête, râla-t-il.

Pesant longuement le pour et le contre, il prit, le soir même, une décision irrévocable : dès le lendemain matin, il irait voir cette inconnue dont il avait désormais l'adresse et lui expliquerait tout.

Ceci étant, il dîna de bon appétit d'un plat de spaghettis devant un western des années soixante, un genre dont il était friand. Les exploits de "Big Jack" et ses chevauchées fantastiques à la poursuite des desperados le passionnaient. Les héros dégainaient leur Colt six coups "peacemaker" à la vitesse de l'éclair, perçant une pièce de dix cents jetée en l'air à quinze pas. La célèbre Winchester au pontet de cuivre brillant crachait ses balles à une cadence désormais légendaire. La sueur, les cris, la poussière, les ricochets du plomb sur les roues des charrettes faisaient vibrer l'air. Des bourdons métalliques de calibre 38 faisaient éclater les portes des saloons. "Big Jack", le plus rapide, soumettait les desperados. Un shérif au menton volontaire mettait les bandits en cellule avant de les conduire jusqu'au pénitencier. Aventurier de la prairie et des villes du Far West, "Big Jack" rechargeait calmement son arme, un prototype de Bergman 1901, avant de crier un puissant « Hiaooh ! » au conducteur de la caravane. Les fouets claquaient au-dessus des croupes des chevaux. Sous le soleil levant, la longue colonne se mettait en route, les regards braqués vers la lointaine Californie ou le Wyoming.

II

Le lieutenant de Police Sarah Christmas, entrée dans la police après son diplôme de Droit, était une belle jeune femme aux yeux d'un vert très pur, aux cheveux châtains coupés court. Son grand-père, Abraham Christmas, maraîcher en Cornouaille anglaise, avait, par son fils, le père de Sarah, fait souche à Saint-Pol-de-Léon, en Bretagne, trente ans auparavant.

Sarah était la gentillesse même. Si sa profession la mettait en présence de situations dramatiques, elle ressentait toujours la même souffrance face à la détresse humaine.

La fréquentation quotidienne de la tragédie, de la déchéance, du malheur des autres, la marquait invariablement.

Si les dérives de l'âme pouvaient prendre des voies diverses, elles se distinguaient, hélas, trop souvent, par des actes épouvantables. Encore jeune pourtant, Sarah avait, depuis quelques années, été confrontée à tout ce que l'homme, depuis sa création, inexplicablement aspiré par sa furie destructrice, invente pour nuire à son prochain.

Fine, musclée, très sportive, rapide et tonique,

Sarah était une spécialiste en arts martiaux. Championne de karaté de haut niveau, elle avait, après plusieurs voyages en Orient, choisi de poursuivre des études de Droit pour entrer dans la Police. Elle n'évoquait guère sa ceinture noire troisième dan, et, peu de ses collègues auraient imaginé qu'elle aurait pu leur faire claquer sur le visage un "*mawashi geri*", un de ces superbes coups de pied circulaires, popularisés par l'acteur sino-américain Bruce Lee. Comme elle aurait pu leur poser à un centimètre du nez un "*yoko géri*", ce spectaculaire chassé de côté, à la limite du grand écart aérien, souvent utilisé sur les affiches des salles d'arts martiaux. Très adroite au tir également, Sarah limitait ses actions à ses entraînements, souhaitant bien ne jamais avoir à s'en servir. Elle se souvenait toujours de cet instructeur, un expert dans la très belle et très efficace boxe française, qui répétait inlassablement :

« Continuez à travailler votre art, quel qu'il soit. Forgez-vous un corps solide, un mental fort, mais n'oubliez jamais que personne au monde n'est plus rapide qu'une balle de revolver. Méfiez-vous des voyous qui vous tendent la main, puis vous cassent une bouteille sur la tête et vous attaquent à plusieurs. N'affrontez jamais un homme sous l'emprise de la folie, de l'alcool, de la drogue ou des trois réunis. En dernier ressort, tirez juste, frappez avec précision, mais sachez aussi courir vite, cela vous sauvera peut-être un jour la vie. »

*

*   *

Il était 7 heures 30 du matin et le dojo était vide… ou presque. Tous les lundis matins, Sarah profitait de cette heure très matinale pour son premier entraînement de la semaine.

« Iaa ! »

Le *kiai* était un cri bref et puissant, une libération d'énergie, un appel brutal du corps au vide. La toile blanche du *kimono** de Sarah claquait dans l'espace en une gestuelle immuable, un enchaînement rigoureux, sobre et complexe à la fois.

Ce matin-là, elle exécutait "*Goju shio dai*", "Les cinquante-quatre pas", un vieux kata supérieur de style chinois, que l'on ne déchiffrait qu'à l'issue d'années de travail.

« Iaa ! »

Les experts – Sarah en était – semblaient, lors de ces exercices qu'ils vivaient comme une autre existence, pénétrer dans un monde parallèle, le temps d'un combat pour la vie. L'homme était à la fois l'acteur et l'invisible, le fort et le faible, le pouvoir et l'échec… Après, il s'en présentait un autre, et un autre encore, dont la découverte menait, assuraient les plus vieux maîtres, à la connaissance de soi. Ils reprenaient alors, peut-être sans le savoir, cette inscription

---

*Le *kimono* japonais est, à l'origine, une large tenue de toile d'une seule pièce. Par extension : vêtement d'un pratiquant d'art martial.

d'un philosophe grec gravée au fronton de Delphes et qui résume si bien la sagesse : « Connais-toi toi-même. »

Assis sur un banc, vêtu d'un kimono ceint d'une ceinture blanche, un homme un peu rond, moustachu et transpirant, soufflait comme un phoque. Il s'agissait du capitaine de police Arthur Blanchard, supérieur hiérarchique de Sarah. Il venait de subir un petit entraînement qui, comme à chaque fois, l'avait laissé épuisé. « J'étais sportif quand j'étais plus jeune. », affirmait-il sans forfaiture. Il lui restait, d'ailleurs, une belle force physique, mais qui ne transparaissait guère sous son aspect un peu bonhomme.

Tous deux avaient eu, à plusieurs reprises, l'occasion de démêler ensemble plusieurs affaires.*

Aussitôt son *kata*** achevé, Sarah fit une longue séance de décontraction physique et mentale. Quand elle rejoignit, enfin, Arthur Blanchard, toujours au bord de la crise d'apoplexie, le souffle court, il râla :

— Lieutenant Sarah Christmas, vous ne m'aurez plus. Je vais vous faire mettre aux fers pour harcèlement physique de fonctionnaire assermenté.

Il sourit.

---

*Lire *Matin rouge au Guilvinec* et *Soirées noires à Penmarc'h*, dans la même collection.

**Volontairement employé improprement ici, le *kata* – moule, ou forme : combat imaginaire strictement codifié – ne concerne, sous ce nom typiquement japonais, que le karaté. Il porte, dans d'autres arts – comme le *tae kwon do* coréen, ou le *kung fu* chinois – d'autres noms, mais l'essence et la finalité demeurent identiques.

— Je suis sur les rotules. Jamais, je n'arriverai à faire ton truc.

Elle se mit à rire :

— Mon truc, comme tu dis, ça s'appelle de la self-défense. Et comme j'entraîne ta femme, il faut bien que tu t'y mettes aussi.

— Aux fers ! rugit-il. Et ne compte pas sur moi pour continuer ! Marre de ta torture !

— Allez, Arthur, debout ! Allez ! Au travail ! Allez, "*kamae*", en garde ! Tu me frappes au visage.

— Ah non ! Ah non ! Pas ça... Je sais encore comment ça va se terminer.

— Arthur, tu me frappes au visage.

— Barbare !

*

*   *

Malgré le bon western, Jean-Gabriel avait mal dormi. L'image de la Dame Blanche était revenue hanter son sommeil. Sa nuit, agitée, avait été longuement peuplée de formes évanescentes, de visages noyés de cheveux blonds, s'envolant en étranges papillons aux ailes de chauve-souris albinos. Des formes crémeuses s'enroulaient en dangereuses figures acrobatiques, se nouant brusquement le long de spirales de gouttières lovées entre elles. Elles éclataient soudain en étoiles et une voix d'outre-tombe répétait : « Jean-Gabriel, Jean-Gabriel... Où es-tu, Jean-Gabriel ? Viens ! Viens ! »

Il se réveilla en nage à trois heures du matin : « Hein ? Qui ? Qui est là ? »

Il alluma, épongea son front couvert de transpiration.

— M… ! Un cauchemar ! jura-t-il.

Il tourna et se retourna dans son lit, ne parvenant à retrouver un mauvais sommeil que deux heures plus tard. Quand il se leva vers six heure quinze, le marin avait la bouche pâteuse, les muscles lourds. N'étant pas homme à se laisser aller, il se déshabilla et se jeta sous la douche en grognant.

— Wouah ! hurla-t-il, frigorifié par les jets d'eau glacée qui le frappèrent de plein fouet.

Il trembla, claqua des dents, mais résista, les poings serrés, les naseaux frémissants, jusqu'à ce que la température atteigne enfin un degré acceptable. Quelques minutes de ce traitement à la scandinave le remirent d'aplomb, achevant de dissiper les lambeaux de son cauchemar. Il se bouchonna vigoureusement avec une serviette aussi rêche qu'un sac de jute, et ressortit de sa salle de bains, rouge comme un homard au court-bouillon.

Il n'était pas encore 7 heures quand il alluma la télévision et entama son petit-déjeuner. Une musique de damnation du monde cracha un déferlement de boules lumineuses en trois dimensions. Suivit une publicité louant l'efficacité d'un déodorant qui garantissait les aisselles d'actrices de cinéma contre toute odeur indésirable.

La démonstration laissa Jean-Gabriel totalement indifférent. Quelques instants plus tard, hochant la tête en honnête homme qui savait ce qu'est la misère du monde pour l'avoir souvent fréquentée sur les quais et les docks du monde, il suivit avec tristesse le sommaire quotidien de mauvaises nouvelles et catastrophes diverses. Accidents, incendies, guerres et autres désastres s'enchaînaient en autant d'images aussi affreuses les unes que les autres. Il changea de chaîne, ignora les "résultats sportifs" pour se consacrer à la météo. Le commentateur annonçait qu'elle n'était ni bonne, ni mauvaise et que, fort heureusement, tout allait bien Place du Trocadéro. Quant au temps sur la Bretagne, il serait détestable, comme d'habitude. On y annonçait de la pluie. Mais il ferait beau à Nice, à Monaco, à Saint-Tropez, et en Poitou-Charentes.

Peu disposé à écouter les litanies habituelles, Jean-Gabriel éteignit le poste.

Sa décision étant prise, il voulait rencontrer Angélique le plus rapidement possible. La pendule indiquait 7 heures 30. Il hésita, puis se convainquit qu'une visite trop matinale n'était pas convenable. Alors que le jour se levait, il marcha le long de la côte de Langoz à Radennec, un secteur dont il connaissait chaque mètre de rocher, chaque plateau, chaque trou d'eau.

Ici, aux grandes marées, la mer découvrait régulièrement des gisements de tourbe, ces restes millénaires de forêts, de prairies, d'espaces marécageux venus de la Préhistoire, quand les îles Glénan étaient encore reliées à la terre. L'histoire, plus ou moins enjolivée d'ailleurs, avait conservé des récits de menhirs engloutis, de ruines de villages recouverts par la mer. Des pêcheurs à pied, tout à fait dignes de foi et connaissant chaque caillou, assuraient même avoir reconnu, par jour de grand coefficient, entre Men Bret et Kergall, des traces d'anciens chemins empierrés. Mais les champs d'algues, le déplacement des bancs de sable, rendaient bien aléatoires de telles découvertes.

La nuit avait été belle mais brumeuse et le soleil tardait à paraître. Jean-Gabriel suivant la côte, passa devant la tourelle rouge du phare de Langoz pour gagner le port.

Creusée dans un estuaire naturel, la baie bénéficiait d'une situation exceptionnelle. Très bien protégée des vents dominants, elle était le refuge idéal en cas de tempête. À moins d'un mauvais coup du hasard, les navires trouvaient ici le meilleur abri de la région.

Le littoral était relativement bien préservé. Malgré quelques chaudes alertes, les bétonneurs, heureusement, n'avaient pas eu le temps de sévir.

Et puis, signe des temps, les planteurs de feux rouges n'étaient pas intervenus. Exit les projets démesurés, sinon pharaoniques et surréalistes d'années antérieures, Loctudy sortait aujourd'hui rajeunie, rénovée, d'années d'incertitude.

Jean-Gabriel aimait cette atmosphère de soleil

levant. Le temps était printanier. Comme un décor aquarellé par un brillant créateur de bandes dessinées, l'Île-Tudy, flottait, irréelle, sur les derniers effilochements de brume.

Plusieurs marins à la retraite aimaient ainsi se promener sur la côte aux premières heures du jour. Jean-Gabriel y rencontra ainsi, successivement, plusieurs connaissances : un colosse barbu à lunettes, bonnet sur la tête, fonceur, à l'allure décidée et volontaire, taillé dans le chêne et le granite ; un grand homme grisonnant, à l'allure lente mais solide, très shakespearien ; deux pêcheurs à la ligne ; quelques anonymes promenant des chiens ; des jeunes lancés dans leurs premières foulées sportives.

Dans le petit matin, la balise des rochers du Blaz et le phare des Perdrix figuraient les dernières pièces d'un échiquier où des acteurs géants auraient joué en aveugle toute la nuit.

Spectateurs immobiles du combat, fatigués des heures de veille, les hauturiers à quai poussaient en avant leurs coffres massifs et puissants de buffles multicolores. Il ne manquait qu'un mugissement de sirène pour densifier la scène… mais, seuls, des "pouet-pouet" enroués de klaxons divers de chariots élévateurs, jouaient, sur le port, les hérauts de la tour à damier décapitée et du fou habillé de vert. Dans une heure, le soleil serait haut dans le ciel. Les fous, les chevaliers, les dames et les tours océaniques ne seraient plus que de banales balises de béton et d'acier rouge et vert, alimentées par des capteurs solaires.

Bagarreuses, indifférentes aux charmes de la nature, deux mouettes criardes se disputaient de la tripaille de poisson.

Les chalutiers faisaient les derniers pleins de mazout et de vivres. Ils avaient rendez-vous avec la mer d'Irlande.

*

* *

Jean-Gabriel devait se l'avouer : sa visite à Angélique le mettait mal à l'aise. Comment l'aborder, sans avoir l'air d'un goujat ? Ne se mêlait-il pas de ce qui ne le regardait pas ? Ayant, une fois pour toutes, décidé qu'elle était célibataire, il préférait ne pas penser à ce qui se passerait si un homme ouvrait la porte. Que lui dirait-il ?

Et bien même, si c'était elle ? S'imaginait-il, les yeux dans les yeux, lui disant : « Vous étiez dans la rue de Kerlannick en chemise de nuit au petit matin, sous le crachin. Vous m'avez salué. Vous souvenez-vous de moi ? » ou bien : « Bonjour. Je m'appelle Jean-Gabriel. Savez-vous que vous déambulez la nuit ? Attention, ça pourrait vous jouer des tours. »...

Tourmenté par ses pensées, il sourit néanmoins, pensant à... Bourvil dans un tel rôle au cinéma. « Mais toi, tu rigoles moins ! Tu vas voir tout à l'heure... », se murmura-t-il.

Il alla jusqu'au ponton, vérifia trois fois ses amarres et parla métier avec des confrères. Trois minutes plus tard, il était incapable de se souvenir de leurs propos. Il se rendit à la Coopérative maritime où il s'abandonna à la contemplation silencieuse de pots de peinture de cinq kilogrammes, dont il oubliait instantanément les qualités marines. Il testa deux ou trois cannes à pêche, lui qui n'en utilisait jamais, et finit par acheter deux couteaux. En réalité, Jean-Gabriel fit un grand effort de volonté pour ne pas remettre aux calendes grecques ce rendez-vous avec Angélique… dont il avait, seul, décidé.

*

*   *

L'impasse Francis Kornbout avait été taillée en 1928 dans un des vieux quartiers portuaires de Loctudy. Ici, s'étaient à la fois construites les maisons des pêcheurs et les premières résidences de vacanciers très fortunés. De ces temps épiques il restait des constructions typiques et des cartes postales aux teintes passées de mode. De vieilles "plaques"* avaient conservé des souvenirs aux couleurs cachou ou sépia. Mais, derrière ces fragments d'histoire, on ne trouvait plus que des formes gommées par les années, des visages disparus, des images d'albums de famille. On les sortait parfois, le temps d'une fête, d'une

*Plaques photographiques qui servaient alors de pellicules.

rencontre, d'une exposition. Mais, les albums à peine fermés, les images reprenaient leur place dans l'histoire : celle d'un temps qui n'existait plus.

Jean-Gabriel trouva aisément la maison d'Angélique, très isolée, tout au fond de l'impasse, une grande construction en granite du début du XXe siècle, un bâtiment de deux étages et demi, sur sous-sol. Élevée en 1931 par Maître Poulart, un notaire loctudiste de l'époque, la construction était une haute « maison de maître » aux lignes un peu massives. Plusieurs propriétaires s'y étaient succédé en plus de soixante-dix ans, dont des Anglais.

Bien qu'habitant à proximité et passant quotidiennement dans la rue de Kerlannick, Jean-Gabriel n'avait pas fréquenté l'impasse Francis Kornbout depuis des années. Sans doute bien avant son entrée dans la Marine Marchande. La maison qui l'intéressait, entourée d'une haute protection végétale tirée au cordeau, était retirée au fond d'un joli petit parc aux allures romantiques. Couverte de vigne vierge, elle ne se laissait apercevoir que derrière un lourd portail métallique. Jean-Gabriel hésita quelques instants et regarda à travers les barreaux. La cour était vide. Il ressentait une grande gêne à porter ce qu'il considérait comme un regard de voyeur dans un décor un petit peu théâtral. Eût-il été porté sur la littérature des grands écrivains fragiles, que Swann et le Grand Meaulnes auraient, à leur insu, évolué devant lui. L'ignorant, ou le prenant pour un de ces "invisibles" qu'ils sollicitaient sans cesse, Jean-Gabriel aurait eu, dans cette histoire, un rôle pour le moins déplaisant. Rigoureux, pragmatique et matérialiste, il n'aurait pas aimé devoir se dévorer l'âme à cause de quelques écritures à l'encre violette. Provisoirement impressionné – et qui ne l'eût été – par une apparition qui n'avait rien de surnaturel, il n'était pas du genre à regarder la vie du mauvais bout des jumelles.

Jean-Gabriel hésita un instant avant d'appuyer sur la sonnette de cuivre vissée sur un pilier. L'écho résonna vainement dans la maison. Il insista, sans plus de résultat.

— Elle a dû sortir, pensa-t-il, avec un soulagement inavoué. Je reviendrai plus tard.

Il allait partir quand une voix sèche l'interpella.

— Vous cherchez quelqu'un ?

Jean-Gabriel se retourna vivement. Une inconnue, d'un âge certain, venue d'on ne sait où, l'inspectait avec sévérité. Vêtue avec une élégance discutable qui n'était pas sans rappeler celle des « culottes de peau » des *Lanciers du Bengale* – le célèbre film – elle semblait peu commode. Appuyée sur un bâton de marche qu'auraient pu utiliser les premiers adeptes de Baden-Powell*, coiffée d'un chapeau cloche délavé, l'arrivante avait un visage anguleux, une voix autoritaire et un regard d'inspecteur de troupes en marche vers le front.

---

*Robert Baden-Powell - Général anglais fondateur du scoutisme en 1908 - (1857-1941).

— Vous cherchez quelqu'un ? répéta-t-elle.

— Non. Enfin, oui… c'est-à-dire que je voulais…

— Je suis la voisine. Vous n'êtes pas du quartier ?

Jean-Gabriel estima la plus proche maison à deux cents mètres.

— C'est-à-dire que je… tenta-t-il.

Elle releva le menton et le fixa dans les yeux, lui qui la dépassait de près de deux têtes. Son allure générale rappelait à la fois celle d'une cantinière, d'une exploratrice à la Stanley et d'un grognard de l'empire. Jean-Gabriel, qui était pourtant un homme très fort, se sentait mal à l'aise sous ce regard perçant. Il remarqua des mains larges, ravinées de griffures et de traces diverses et indéfinissables. Ses chaussures étaient des modèles de cuir, lourds, dignes des “sherpas” de *Tintin au Tibet*. De grosses chaussettes de laine remontaient sur un pantalon apparemment taillé dans une vieille toile à voile ! Un caban de laine, venu lui aussi d'un autre temps, complétait l'accoutrement de l'exploratrice.

— Vous n'allez pas me raconter votre vie, grogna-t-elle. C'est oui ou c'est non ? Décidez-vous ! De toute façon, il n'y a personne dans cette maison depuis trois jours.

— Ah !

Jean-Gabriel eut à la fois l'air inquiet et surpris.

— Ça vous étonne ? Vous connaissez cette personne ?

— Pas vraiment. C'était juste pour…

— Alors ? Qui êtes-vous ?

— Je suis simplement venu parce que…

Elle releva son chapeau cloche, puis cligna de l'œil gauche avec attention, comme une anthropologue examine les restes d'un primate himalayen nouvellement extrait d'une dizaine de milliers d'années de congélation.

— Écoutez, jeune homme, je ne vous connais pas, et je n'ai pas que cela à faire. Venez-en au fait !

Jean-Gabriel tenta de lui résumer l'affaire :

— Voilà, il était près de 5 heures du matin et elle était en chemise de nuit. Je…

Le bâton de marche se posa vigoureusement sur son plexus solaire :

— Vos confidences amoureuses sont malvenues, mon garçon !

Jean-Gabriel repoussa doucement le bâton.

— Madame, ou vous me laissez parler, ou vous cessez de me poser de questions…

Sa voix au ton calme, son allure imposante, et, il faut bien l'avouer, son physique d'homme mûr au charme certain, ne durent pas laisser la vieille dame indifférente. Elle l'inspecta une nouvelle fois et déclara :

— Alors je vous écoute. Mais, de grâce, évitez les détails personnels !

Jean-Gabriel lui expliqua les raisons de sa visite. Il lui raconta toute l'histoire. Elle la lui fit répéter. Son aspect revêche et son ton rogue firent place à un air interrogateur et à une attention soutenue. Elle insista sur plusieurs détails :

— Ses gestes étaient-il saccadés ? Plus précisément, auraient-ils pu faire penser à ceux d'un automate, par exemple ? Ou de quelqu'un sous l'emprise d'une drogue ?

— Non. Autant que j'ai pu le constater, ils étaient naturels.

— Elle avait les bras en croix ? Et les yeux ouverts ? Un regard normal, dites-vous ?

— Oui. J'en suis certain.

— Elle vous a donc parlé, murmura-t-elle. Bien, bien, bien. Phénomène classique. Vous avez simplement croisé une somnambule.

— Une somnambule !

— Tout simplement et c'est normal. Mais…

— Mais ?

— Ce qui l'est moins, c'est qu'elle ne soit toujours pas rentrée chez elle trois jours après ! Ça, c'est anormal.

Jean-Gabriel s'apprêtait à lui demander si elle avait été autrefois commissaire de police, mais elle ne lui en laissa pas le temps.

— En fait, vous avez eu la trouille ?

— Oui. J'ai eu peur.

— Ne vous inquiétez pas pour ça ! Je suis passée par là aussi.

Jean-Gabriel ne savait pas pourquoi, mais il l'imaginait fonctionnaire, chef d'un bureau de police des années 30 dans la concession internationale de Shangaï.

— Ah ! Dans la police ? risqua-t-il.

— Dans la police ? Pourquoi la police ? Que serais-je allée y faire ? bougonna-t-elle. Pourquoi pas chez les cow-boys pendant que vous y êtes ? Non. C'était en 1937, chez les coupeurs de têtes de Bornéo. Bien. Que décidez-vous maintenant ?

Jean-Gabriel s'interrogeait sur cette étrange femme : que venaient faire les coupeurs de têtes dans cette histoire ? Préférant ne pas la contrarier, il se contenta de dire :

— Eh bien, cette disparition m'inquiète aussi. Je pense qu'il vaut mieux avertir les autorités.

— Et c'est maintenant que vous vous décidez ! Mon garçon, permettez moi de vous dire que vous manquez d'imagination et d'esprit de décision et d'initiative. Alors ! Qu'attendez-vous donc pour téléphoner ?

III

Jean-Gabriel n'avait omis aucun détail.

— Vous avez bien fait de nous prévenir, lui avait confirmé Sarah.

L'évocation de la Dame Blanche la fit secrètement frissonner. Sa culture celtique maternelle et paternelle n'était pas avare de ce type d'histoires inexplicables… auxquelles personne ne croyait, sans vraiment ne pas y croire. Bien que cartésienne, Sarah aimait, sans se l'avouer et comme beaucoup de Bretons, cette fréquentation un peu étrange des frontières de la mort, inscrite, gravée, dans les gènes depuis la nuit des temps. Aucune exploration, même la plus fine de l'ADN, n'aurait pu expliquer cette relation serrée avec l'inconnu. Les légendes portaient l'histoire. Ou peut-être l'inverse. Les parts de mythe et de vérité étaient toujours intimement liées. Personne ne pouvait affirmer qu'il n'existait aucun lien entre l'apparence et la réalité. L'affaire de la Dame Blanche, quoi qu'on en pensât, avait sans doute une source : plaisanterie de mauvais goût, manipulation, hallucination… Aucune hypothèse ne pouvait être rejetée mais ne suivaient-elles pas un unique fil conducteur : la mort.

— J'ai surtout eu peur qu'elle puisse avoir un accident, avait répété Jean-Gabriel à Sarah.

— Nous allons nous occuper de ça.

Alors, qu'était devenue Angélique Dumontel ? Chacun avait, bien sûr, toute liberté pour disparaître durant trois jours ou trois mois. Aucun constat de flagrant délit ni de crime de sang n'ayant, fort heureusement, été dressé, l'enquête, en la circonstance, était purement administrative. S'il n'y avait eu l'inquiétude, légitime, de Jean-Gabriel, on peut imaginer que personne, avant longtemps, ne se serait soucié de cette affaire.

— Vous verrez peut-être la voisine, avait-il dit. Elle est un peu, comment dirais-je, bizarre et spéciale. Elle doit avoir 70 ans. Elle m'a traité comme si j'en avais 10 et que je faisais l'école buissonnière !

*

* *

Il était neuf heures du matin. Sarah, avait laissé sa voiture sur le port pour parcourir, en sens inverse, le chemin de Jean-Gabriel. Sa tenue vestimentaire était conforme à ses goûts et à ses habitudes : une marinière traditionnelle dont elle choisissait la couleur et la coupe au gré du temps, des jeans ou du velours, et parfois un blouson de style parka retaillé qui lui convenait bien. Comme dans la profession on évoluait rarement dans les salons, elle avait définitivement choisi de ne porter que des chaussures de sport.

Le temps était doux. Les mains dans les poches de la marinière, elle passa devant l'atelier de mécanique, puis devant l'ancienne conserverie de la place Pierre Le Gall, et suivit la jolie petite rue de la Grandière jusqu'à la mer, avant de revenir dans la rue de la Palue. Sarah marcha jusqu'à une petite grève, face au phare des Perdrix et à l'Île-Tudy. La mer était à mi-marée.

Un pêcheur à grosses moustaches rousses et à bonnet de laine bleu ciel ramenait vingt kilos d'algues, râlant à haute voix qu'on ne l'y reprendrait plus. Sa canne, en arc de cercle de 90°, semblait sur le point de céder. Il traîna jusqu'au bord une longue tresse de laminaires larges comme la main. Vouant aux gémonies la mer, les algues, les pêcheurs, les poissons, le sel et les hameçons, il leva le poing vers le ciel. Les échos de sa colère roulaient le long de la grève. Indifférents à ses débordements, deux cormorans vinrent déjeuner gloutonnement sous ses yeux.

— Les s..., les s..., grognait-il, voyant les oiseaux, déchirant, rageurs, les thalles d'algues qui "perruquaient" son train de pêche.

Il gesticula plusieurs minutes, risqua quelques gros mots, choisit un autre appât, puis, dans un puissant ahanement, relança sa ligne dans la passe du port. Campé sur ses jambes, les poings sur les hanches, le regard décidé, il se remit à attendre une touche.

Deux épaisses langues de rochers venaient s'échouer sur le sable. Le reflux avait abandonné des dépôts de varech, mêlés de chutes de cordages et de débris divers. Un long mur de pierre serpentait vers le phare de Langoz.

Sarah fit quelques pas sur le sable.

Éclairée par une lumière rasante, la tourelle de Karek Saoz prenait une teinte fantastique de rouge carmin.

— Si elle est passée par là, ce ne doit pas être commode d'y marcher en pleine nuit, remarqua Sarah. Même si on est somnambule.

Elle remonta dans la rue de Kerlannick, puis dans l'impasse Francis Kornbout.

*

*   *

La ruelle était cossue, riche d'un tout petit nombre de propriétés, closes de haies et de murs. La maison d'Angélique qui, elle, se voyait de la rue, donnait sur un jardin protégé d'une grille. Elle était ouverte. Sarah la poussa.

La terre, fraîchement remuée d'un parterre de fleurs laissait percer les pousses précoces de crocus jaune d'or. De vieux camélias au feuillage gras de plante exotique régnaient sur un ensemble tiré au cordeau. Des roses anciennes de souche anglaise travaillée sur des hybrides de thé, ouvraient déjà leurs pétales en cœur aux couleurs inimitables.

Sarah marcha jusqu'au perron. Elle poussa la porte et entra. Il n'y avait pas de clé dans la serrure. Elle appela, mais ne reçut pas de réponse. Une lampe restée allumée sur une table basse éclairait un couloir de vieux lambris donnant sur plusieurs portes. Sarah visita la cuisine, un cellier, une salle de bains, un séjour de grande dimension. Tout respirait l'ordre dans cette vaste maison qui n'avait pas dû être occupée durant plusieurs mois. Angélique avait à peine eu le temps de s'installer et Sarah remarqua de gros cartons de déménagement. Des housses blanches recouvraient un mobilier abandonné par l'ancien propriétaire.

Sarah gagna l'étage. Le silence était total.

Sarah n'avait pas peur, mais elle se sentait mal à l'aise dans ce décor qui ne lui convenait pas. Elle avait le sentiment confus d'avoir franchi un pas interdit, de s'être introduite dans une autre époque.

Une porte était restée entrebâillée, vraisemblablement celle de la chambre d'Angélique. Là aussi une petite lampe de chevet restait allumée près du lit aux draps ouverts. Sarah les palpa : ils étaient froids.

— La dernière personne à dormir dans ce lit était une femme seule.

Bien connu depuis 100 ans des détectives des constats d'adultère, le froissement caractéristique des draps permettait d'identifier presque à coup sûr, les occupants d'un lit, homme ou femme… ou les deux.

Des vêtements qui pouvaient être ceux d'Angélique, étaient soigneusement rangés sur un pendant de style napoléonien.

Un léger parfum imprégnait l'air. Aucun indice visuel, aucune trace apparente ne permettait de penser qu'il y ait eu ici un quelconque désordre.

La chambre communiquait avec une autre pièce. Sarah découvrit un grand bureau aux murs garnis de bibliothèques à l'anglaise. De nombreux cartons dont certains n'étaient pas ouverts, étaient également posés sur le sol.

Une longue table rustique, à la dimension de la pièce, était couverte de dossiers impeccablement alignés. Le même parfum, léger et tenace à la fois, régnait dans la pièce.

Des enveloppes à caractère administratif, portant l'adresse imprimée d'Angélique à Loctudy, et vraisemblablement rédigées par elle, attendaient d'être postées.

Certains dossiers étaient serrés dans d'épaisses chemises cartonnées. L'un d'entre eux, le plus important, portait sur une étiquette ancienne, en belles cursives d'un graphisme passé de mode, le titre « Ignace de Brassin ». Bien que dans un excellent état de conservation, le dossier avait vraisemblablement été manipulé de nombreuses fois. Il ressemblait à ces documents que rédigeaient autrefois les avoués ou les notaires.

Un équipement informatique – ordinateur, scanner, appareil photographique numérique, photocopieuse laser – de dernière génération avait été installé. L'appareil était resté en veille. Le fond d'écran dévoila un patchwork de photos anciennes, celles d'un parc, d'une grande maison, d'un voilier, de personnages et… d'un petit hydravion. Les icônes classiques d'un PC figuraient en incrustation sur ces images d'un autre temps.

Près de l'imprimante, Sarah trouva une carte de visite au nom de Donatien Félix, et, griffonnés sur un papier deux mots soulignés : Siméon/Papa.

Sarah redescendit. Elle explora le cellier, le garage. La voiture avait encore les clés au volant.

*

*   *

La vieille dame au chapeau cloche attendait Sarah à la sortie de la propriété.

— J'occupe la maison voisine. Enfin, c'est à cent cinquante mètres. Je surveillais, alors je vous ai vue arriver, avait-elle dit, lui tendant la main.

Sa paume était râpeuse et ses doigts portaient des traces de teinture d'iode.

— Lieutenant Sarah Christmas.

Les yeux de l'exploratrice pétillèrent :

— Sarah ! s'exclama-t-elle. Sarah ! C'est si beau !

Elle allait poser une question mais s'en abstint.

— Que de souvenirs ! murmura-t-elle seulement.

Bien que Jean-Gabriel l'eût prévenue de l'originalité de la voisine d'Angélique, Sarah constata que son accoutrement ne laissait pas indifférent. Elle avait troqué, son chapeau cloche et sa tenue de chasseuse de yeti, pour une casquette d'amiral américain et un vieux treillis de combat taillé pour le légionnaire qui devait déjà le porter au Tonkin... en 1953*. Ne s'alignant pas sur les canons de l'élégance, elle en avait ajusté les jambes à sa taille, à grands coups de ciseaux. Enfilé sur un chandail de pêcheur morutier, vêtement d'une couleur imprécise qui aurait transité par le Bronx de 1980, son *battle dress* avait déjà beaucoup vécu. La paire de baskets bleus à tige très montante qu'elle portait aux pieds, était introuvable sur le marché depuis une bonne trentaine d'années. Un couteau à manche de corne, amarré à sa ceinture, achevait de lui donner une allure militaire.

Jean-Gabriel ne s'était guère trompé en estimant qu'elle avait 70 ou 72 ans. Bien que de taille moyenne, la casquette à longue visière la faisait paraître plus petite qu'elle n'était en réalité. Malgré son aspect un peu abrupt et le style particulier de sa tenue, elle était loin d'être négligée. Sarah vit qu'elle accordait un grand soin à son visage à la peau hâlée, sans qu'elle essayât pour cela de se rajeunir artificiellement. Son regard ferme et assuré, son allure déterminée, dégageaient un dynamisme évident.

— J'ai dit à ce jeune homme qu'il fallait qu'il vous prévienne d'urgence, affirma-t-elle, d'un ton autoritaire.

---

*Le Tonkin, l'Annam, la Cochinchine, étaient les trois grandes régions de l'Indochine française.

— C'est bien ce qu'il a fait.

Elle approuva :

— Bien. Il m'a l'air d'un brave garçon. Un peu timide, peut-être ? Qu'en pensez-vous ?

— Je ne sais pas. Pouvons-nous parler de madame Dumontel ? dit Sarah.

— Bien entendu. À vrai dire, je ne la connais pas. Elle était là depuis très peu de temps. Je l'ai seulement aperçue à travers le pare-brise de sa voiture.

— N'avez-vous rien remarqué ?

— Rien de particulier, ni depuis sa venue, ni après. Mais je ne suis pas là tout le temps, et nos propriétés sont assez isolées l'une de l'autre. Il passe des gens que je ne vois jamais. C'est par hasard que j'ai croisé le jeune homme dans la rue.

Jean-Gabriel n'était plus, à précisément parler, un jeune homme.

Des boqueteaux et de hauts arbres masquaient suffisamment la vue pour ne pas permettre un regard direct entre les deux jardins.

— Voulez-vous venir jusqu'à la maison ? proposa l'interlocutrice de Sarah. Nous y serons plus à l'aise pour parler.

N'y voyant aucun inconvénient, celle-ci accepta.

— Je m'appelle Flora, Flora Bronstein, dit la vieille dame. C'est un prénom qui m'allait bien quand j'étais jeune. Aujourd'hui, ça me semble un peu ridicule. Bah ! Je finirai par m'y faire dans quelques années.

La maison était du même style d'architecture que celle d'Angélique.

Le jardin en était aussi bien entretenu. le gravier de l'allée parfaitement ratissé, la végétation taillée au centimètre, les massifs dressés en rangs impeccables, prêts pour l'inspection d'un prochain concours floral.

— Cette jeune femme m'avait l'air très sympathique. À chaque fois, elle m'a fait un petit salut de la main. Mais nous n'avons jamais eu l'occasion de parler ensemble. Pensez-vous qu'il lui soit arrivé quelque chose de grave ?

— Je souhaite que non… Personne n'est venu depuis ?

— Je suis incapable de vous le dire. Bien que ce soit une impasse, ça circule toujours un peu ici.

Flora expliqua qu'elle ne savait pas que la maison était vendue.

— Un camion de déménagement est arrivé il y a deux ou trois semaines. Ils ont enlevé quelques meubles et puis j'ai vu cette jeune personne. Nous avons seulement le même jardinier.

— Comment s'appelle-t-il ?

— Claudius, un excellent jardinier. Mais je ne sais pas s'il la connaissait plus que moi. Il a dû venir une fois, ou deux peut-être.

Flora avait accroché sa casquette à la rampe de l'escalier. Ses cheveux blancs mais drus, taillés au carré, sinon au couteau, son regard qui ne se dérobait jamais, ajoutaient à l'aspect volontaire du personnage.

— C'est une grande maison mais elle me plaît, confia Flora. Comme nous voyagions beaucoup, en 1949, mon mari a pensé que ce serait bien de pouvoir venir nous y reposer. Mais il est mort en 1956. Je me suis définitivement installée ici, bien plus tard.

La date frappa Sarah. Elle entama un rapide calcul mais, le seuil à peine franchi, une odeur surprenante la prit à la gorge. Elle pensa à un mélange de vinaigre, d'alcool, de pétrole lampant et de désinfectants divers.

— Ne vous inquiétez pas, dit Flora. C'est le formol. On s'y fait rapidement.

Sarah connaissait bien les qualités antiseptiques de l'aldéhyde formique, particulièrement réputé pour ses capacités conservatrices. Comme chacun, elle savait qu'on y associait aussi, le plus souvent, des travaux et expertises médicales... plutôt spécialisées. Être « piqué au formol » avait une connotation funèbre.

Flora ne lui laissa pas le temps de poser de question. Elle la faisait déjà entrer dans une large pièce pourvue d'un grand lustre, aux murs tendus de toile vieillotte. Malgré l'aménagement assez inattendu du lieu, le premier examen, aurait pu faire croire à une banale salle à manger. D'autant que quelques vieux tableaux, d'une belle inspiration bucolique classique, mais sans signature connue, occupaient un petit pan de mur. L'artiste, aujourd'hui oublié, devait avoir un grand talent.

Des batteries de tubes à essais, des becs Bunsen, un réchaud, un poste d'eau, des fioles et des bouteilles aux étiquettes rouges, inquiétantes, illustrées d'une tête de mort, indiquaient pourtant, que les lieux avaient définitivement changé de vocation. À n'en pas douter, il servait désormais de laboratoire d'analyse ou de chimie !

Une toile cirée, brûlée en de multiples endroits, recouvrait une longue table aux pieds pourtant richement ouvragés. Des boîtes à instruments contenaient des scalpels, des pinces, des écarteurs, du matériel chirurgical classique. Hormis donc les quelques tableaux d'un paysagiste anonyme, les murs étaient surtout décorés de planches anatomiques animales et humaines. Quelques crânes, des os divers et variés, un superbe écorché d'amphithéâtre de faculté de médecine, composaient un décor particulier. Posés sur des étagères, plusieurs bocaux remplis de liquides colorés contenaient des éléments difficilement identifiables. D'autres flacons renfermaient des granulés aux noms latins et aux couleurs inquiétantes…

Flora, apparemment amusée, suivait l'étonnement croissant de Sarah. Sa première surprise passée, la jeune femme ne manquait aucun détail. Son regard de spécialiste en culture orientale s'arrêta sur des statuettes et sur une très vieille planche d'acupuncture et de médecine chinoise. Les médecins asiatiques n'auscultant pas leurs illustres et pudiques patientes, leur demandaient d'indiquer sur des figurines les endroits du corps dont elles souffraient. Ces pièces, d'ivoire et de bois, vieilles de plusieurs siècles, valaient aujourd'hui une petite fortune. Le regard de Sarah allait de l'écorché aux morceaux de squelettes et aux bocaux aux contenances suspectes. Flora répondit à son étonnement et à ses interrogations.

— Ne soyez pas surprise, je pratique de nombreuses dissections, dit-elle.

— Des dissections !

— Rassurez-vous, il s'agit d'animaux morts. En fait, je suis, et j'étais, surtout autrefois, médecin légiste, biologiste et pharmacien. Regardez !

Elle la conduisit face aux rangées de bocaux.

— Que pensez-vous que ce soit ? fit-elle, devant un tortillon comme du pain rassis.

Sarah avoua son ignorance

— Un poisson, peut-être ?

— C'est une tranche de bufo bufo.

— Une tranche de…

— Oui. De bufo bufo. Autrement dit, de l'espèce la plus commune de crapaud.

Elle ouvrit un tiroir et cueillit dans la main un superbe exemplaire de l'espèce. Sarah eut un mouvement de recul. Comme la plupart des gens, elle éprouvait une répulsion irraisonnée pour les crapauds.

Des siècles de légendes avaient fait passer pour

des monstres répugnants et pustuleux, ces animaux totalement inoffensifs pour l'homme.

— C'est Gédéon. Il est mort de vieillesse. Je l'ai naturalisé. C'était un vieux copain.

L'animal, brun et gris, était énorme. Ses flancs arrondis en forme de ballasts lui donnaient des allures de sous-marin préhistorique.

— Savez-vous qu'ils ont beaucoup d'accidents ? À l'époque des amours, ces andouilles sortent en bandes de leur hibernation dans le *Ster** de Larvor et traversent la route… sans se soucier des voitures. Alors on en écrase des quantités. J'essaye de comprendre ce qui se passe dans leurs petites têtes. Ils n'ont qu'un tout petit cerveau. Mais je les aime bien.

La vieille dame caressait le dos de l'animal. Les paupières plissées, le dos à la peau verruqueuse, les pattes de dragon expliquaient sans doute la réputation sulfureuse de l'animal.

— Gédéon vivait dans une souche du jardin. C'était un habitué de la maison. Il aimait bien cette pièce. Je lui servais une coupelle de lait matin et soir à l'heure des repas. Vraiment un bon copain.

Le baiser qu'elle lui posa sur le museau fit frémir Sarah.

— Il me manquait, alors j'en ai accueilli d'autres. Il doit y en avoir quatre ou cinq dans la maison. Je crois qu'ils aiment assez l'ambiance.

**Ster* : mot breton signifiant rivière.

Le frisson qui parcourut Sarah n'échappa pas à Flora.

— N'ayez aucune crainte. À cette heure-ci, ils dorment. Ils viendront seulement ce soir, quand je les appellerai. Nous avons nos petites habitudes.

— Dont celles de les couper en tranches ?

— Uniquement quand ils sont morts et toujours dans un but scientifique. La recherche a toujours été ma passion. Comme je ne me vois pas faire du tricot ni du point de croix… Regardez !

Une étagère contenait de nombreuses études, des documents et des livres portant son nom.

— Ceci est ma première thèse, en 1937. Flora Bronstein. J'étais jeune mariée. Ça date un peu, comme je viens d'avoir 87 ans…

Sarah était stupéfaite :

— 87 ans !

— Depuis le 17 mars. Vous savez, je risque bien, un de ces jours, d'aller voir de l'autre côté si les cerises sont mûres.

Un voile de tristesse passa dans les yeux de Sarah.

— Oh, ne dites pas ça !

— Eh ! C'est pourtant la vérité.

Flora entraîna Sarah vers une autre rangée de livres.

— Voilà un travail sur les maladies tropicales datant de 1950, poursuivit Flora. J'ai beaucoup étudié les anophèles et la transmission du paludisme.

En quelques minutes à peine, Sarah découvrait

une personnalité exceptionnelle. Cette femme, aux airs d'aventurière du XIXe siècle et qui semblait émerger d'un roman de Jules Verne, avait été, en son temps, une sommité mondiale dans le domaine encore touffu de la biologie.

— Dans les années cinquante, mon mari était pilote sur le canal de Suez. Je suis certaine que ces années-là vous rappellent quelque chose. Suez, 1956. Ça vous dit ?

Sarah fit un rapide calcul et avoua que l'affaire du Canal n'évoquait pour elle que de l'histoire ancienne, d'images en noir et blanc et de souvenirs de livres de lycée.

— Je me souviens avoir appris que de nombreux bouleversements politiques marquèrent cette période, dit-elle.

— C'est déjà bien que vous en ayez entendu parler ! Je suis née en 1916 et je pourrais être votre arrière-grand-mère. J'avais 40 ans à l'époque des événements du Canal, en 1956.

Elle reposa doucement Gédéon au fond de son tiroir.

— J'ai connu Paul, mon mari, à la faculté où il faisait également des études de médecine. Mais elles ne lui convenaient absolument pas. Je l'ai donc dissuadé de continuer. Paul a alors décidé de devenir marin. Il avait l'art du commandement

Sarah, qui aimait l'aventure, se laissait facilement porter par ces histoires d'un autre temps.

— Mon mari et moi avons pris le paquebot en 1938, pour notre voyage de noces en Indochine. J'avais 22 ans. Nous devions y passer trois mois. Nous sommes restés huit ans.

Flora versa le thé, dont elle avouait en avoir appris l'art chez les Berbères… en 1949.

— Nous avons beaucoup voyagé pour des missions scientifiques…

Elle montra un album de photos.

— Cet avion est l'appareil qui nous a ramenés du Tonkin en Cochinchine. Il crachait de l'huile de partout et nous avons fait trois fois demi tour dans la tempête. Je me demande toujours comment le pilote a su retrouver le terrain. On n'y voyait pas à cinq mètres et il était complètement ivre.

Elle haussa les épaules.

— C'était une époque formidable.

— Je le crois volontiers.

Elles en étaient là quand une longue ombre grise entra dans la pièce. Un homme étrange, très grand, très maigre, coiffé d'un bonnet de sherpa, vêtu d'une étonnante saharienne à la Lawrence d'Arabie, arrivait, le sourire aux lèvres. Malgré les ans qui lui avaient voûté le dos, il conservait une belle allure. Sur son visage émacié aux pommettes puissantes, des yeux sombres légèrement bridés, dénotaient une belle intelligence. Mais une vague ficelle de cageot tenait lieu de support à la paire de lunettes suspendue à son cou.

— C’est Raoul, mon jeune frère, le présenta Flora, élevant la voix. Il a quatre-vingts ans, alors il est un peu sourd. C’est Sarah, une jeune femme officier de Police Judiciaire qui vient nous voir, cria-t-elle.

Levant le menton, Raoul hurla :

— Ah ! La Police ! Te voilà bien ! Tu as encore tué quelqu’un ? D’ailleurs, ce n’est pas la peine de parler si fort. J’entends très bien sans sonotone…

Flora haussa les épaules, grommelant « Tu parles, il est sourd comme une casemate ! », alors qu’il lui tendait un gros pot de verre rempli d’une répugnante masse grouillante.

— Voilà ta commande, ma petite sœur : 42 lombrics. Les plus gros, les plus beaux. Tu veux les manger tout de suite ou je les mets au frigo ?

Ses doigts touillèrent avec une étrange satisfaction la masse animale en mouvement.

— Andouille… d’andouille ! Mon frère est un complet idiot, dit Flora. Ce gamin attardé est ingénieur atomiste, en retraite. Savez-vous ce qu’il a trouvé à faire ? Il s’est lancé il y a vingt ans dans l’élevage du ver de terre.

Raoul s’essuya vaguement les mains sur la saharienne.

Il souleva son bonnet et tendit à Sarah des doigts gluants et terreux.

Parcourus de griffures diverses, ils portaient des traces de mercurochrome et de produits antiseptiques plus ou moins identifiables.

— Il a plusieurs millions de ces petites bestioles au fond du terrain, poursuivit Flora. Il a « son » laboratoire. Elles mangent des tonnes de carton. Et Raoul est un des grands spécialistes dans ce domaine ! Qu'en pensez-vous ? On dirait un clochard !

Sarah évita de lui avouer que sa propre tenue pouvait quasiment prêter à la même confusion…

— Ta tisane est prête, dit Flora.

— Comment ?

— Mais il est de plus en plus sourd, ou il fait semblant ? Ta tisane !

— Mais oui, j'avais bien compris. Tu sais très bien que je lis sur les lèvres. Je me demande d'ailleurs quel plaisir tu éprouves à élever ainsi la voix. Tu te souviens de mon vieux copain, l'Américain Peter Marshall, le psychiatre… Je pourrais peut-être lui demander de t'examiner ?

— Évidemment, mais ça risque d'être un peu tard. Il est mort en 1962.

— Non !

— Si. Et tu le sais aussi bien que moi.

— D'accord, mais ta tisane, je n'en veux pas.

S'imaginant murmurer, Raoul hurla dans l'oreille de Sarah :

— Sous prétexte qu'elle est un grand médecin, elle veut me faire ingurgiter des tas de potions. Ne croyez-vous pas qu'elle tente de me supprimer ? Savez-vous que j'ai relevé des traces d'arsenic dans sa dernière préparation. Ça sentait l'ail à plein nez.

— Tu t'es trompé, mon cher frère. Tu deviens gâteux et tu confonds l'omelette aux champignons et arsenikos ? C'est grave !

— Arsenikos, Masse atomique 74,92. densité 5,7. Couleur de gris à gris acier. Les Latins l'appelaient Arsenicum, récita-t-il à très haute voix, du ton monocorde d'un collégien répondant à une question de cours. Et tac !

— Son oxyde, l'anhydride arsénieux parfois appelé arsenic blanc est d'une grande toxicité, répliqua Flora.

— Attention ! Les vapeurs sont dangereuses à 450° C ! Et re-tac ! Dis-moi, ma petite sœur, tu veux nous faire un cours ou quoi ? Mes lombrics n'attendent plus que d'être dévorés par tes horribles crapauds. Leur as-tu mis le couvert ?

Elle prit le saladier qu'il lui tendait.

— Quand on dit que les savants sont sérieux ! Avec celui-ci je n'ai vraiment pas de chance, dit Flora, prenant Sarah à témoin. Je reviens tout de suite.

— Flora, ma petite sœur, je t'aime.

— Moi aussi, espèce de gâteux.

Raoul qui avait chaussé ses lunettes, cria soudain :

— Bien, maintenant que nous sommes intimes. Dites-moi la vérité. Qui a-t-elle vraiment tué ? Et comment ? Poison, revolver ? Savez-vous qu'elle est capable de tout ?

Sarah ne pouvait s'empêcher de sourire.

Ces deux personnages, à eux seuls, représentaient

un demi-siècle auparavant, une part fantastique de la science et de la connaissance humaine.

— Croyez-vous qu'elle supportera vingt ans de prison ? J'ai un vieux copain avocat. Un cador du barreau ! S'il n'a pas décroché, il devrait avoir 97 ou 98 ans. Nous plaiderons le dérangement mental, la démence. Qu'en pensez-vous ?

Et il se mit à rire :

— Vingt ans sans tisane. La liberté !

Il se passa la main gauche sur le crâne. Sa saharienne remonta largement sur un bras très maigre, quasiment squelettique et marqué de longues striées noires.

Cela ne dura qu'une seconde, mais Sarah y aperçut un tatouage. Un de ces horribles numéros, une humiliation parmi tant d'autres que les Allemands infligeaient aux Juifs durant la guerre 39-45.

Raoul avait remarqué son regard.

— Flora a échappé aux rafles, confia-t-il. Ma mère et moi avons été internés dans les camps de concentration. Je ne l'ai jamais revue.

Il s'interrompit un instant, les yeux mi-clos.

— Maman s'appelait également Sarah.

*

*   *

Sarah avait passé une très mauvaise nuit. Ce vieil homme revenu des camps de la mort allemands l'avait bouleversé, d'autant qu'il avait plus tard évoqué Sarah, sa mère disparue.

— Elle a fini dans les flammes, comme des millions d'autres, hommes, femmes, enfants.

Sarah dut se concentrer sur Angélique pour empêcher son esprit d'être envahi par des images aussi tragiques. Les problèmes de disparition étaient devenus un fléau de la société. Des centaines de personnes disparaissaient volontairement chaque année, mais il y avait toutes les autres. Celles dues à des crapules, à d'infects trafiquants.

Des images insoutenables perturbaient régulièrement Sarah quand elle se trouvait face à ce type de drame.

Une femme, quel que soit son âge, n'était rien pour les trafiquants européens. Elle était une rente dont ne les intéressaient que les performances. Et ces maquereaux qui ne valaient pas le prix de la corde pour les pendre, étaient immensément riches.

Sarah savait trop ce que pouvait être la déchéance humaine, la tragédie quotidienne, la désespérance, pour ne pas penser qu'Angélique avait pu être prise dans ce type de piège.

Les chemins qui menaient au trottoir n'étaient pavés que de mauvaises intentions. Le proxénète à casquette à carreaux, au foulard noué autour du cou, un peu canaille, folklorique sinon sympathique, des films des années cinquante, n'était qu'une image vérolée, détournée de la réalité.

Les trafiquants et les destructeurs d'âmes humaines étaient des rebuts de l'humanité. Cinglés ou calculateurs, pervers ou violents, ils mêlaient ces quatre tares dans un brouet infâme.

Sarah espérait que le chemin d'Angélique n'avait pas croisé le leur.

IV

Prince de la nonchalance, Claudius, le jardinier, âgé d'une sérieuse soixantaine d'années, émergeait à pas mesurés de sa longue sieste quotidienne. Sauf événement exceptionnel, et il n'y en avait guère pour lui, il s'allongeait régulièrement à la fin des « infos », plongeant paisiblement dans deux heures d'un sommeil réparateur. De l'aube où il se réveillait, au crépuscule qui le voyait se coucher bien après sa tribu de poules, il ne se souciait pas de l'accélération moderne de la vie.

— Ce n'est pas en mettant un moteur sur des fleurs qu'elles pousseront plus vite ! assurait-il, riche de ce bon sens qui fait depuis toujours les paysans et les hommes libres.

Sa maison, bordée d'une haie de fusain, un "penty" traditionnel hérité de ses parents et déjà construit en 1880 – une sculpture datée en attestait – aurait pu valoir une fortune. Les encorbellements de pierre dues aux artisans du temps étaient de pures merveilles. Taillé dans le granite, son logis était une habitation de pêcheur typique. Un puits à margelle creusé en 1887 sur l'indication d'un sourcier, allait chercher l'eau à 7,37 mètres de profondeur exactement. Jamais, même durant les périodes – exceptionnelles – de sécheresse, il n'avait manqué d'eau.

— C'est normal, affirmait Claudius. 7, 37 mètres. C'est écrit dans les papiers du notaire. Mon arrière-grand-père a acheté le terrain en 1872. Il l'a payé en or.

Claudius avait pris, très jeune, l'habitude de la sieste, durant son service militaire à Toulon. À la recherche d'une activité professionnelle stable mais néanmoins relativement souple, il envisagea successivement plusieurs carrières au service de la nation. Aurait-il voulu être artilleur ? Le canon de 105 lui semblait puissant. Le 155 encore plus. Quant au 300... Le bruit des détonations l'incommodant donc, il abandonna les gargousses et la poudre. Malade en mer, il fut d'ailleurs déclaré inapte au service embarqué. Né avec un léger souffle au cœur, il regretta de ne pouvoir servir chez les fusiliers marins ! Les nageurs de combat – il coulait comme une pierre – ne retinrent pas plus son attention. Ni les commandos de marine et l'immense prestige de leur courage, ce qu'il affirma regretter amèrement. Il aurait bien tenté les parachutistes, une autre voie vers l'aventure, mais naturellement sujet au vertige, il préféra ne pas jouer avec le sort ni avec les mauvaises statistiques.

Terrien mais n'aimant pas les longues marches au pas, il n'avait pas non plus l'œil du tireur d'élite.

C'est donc avec philosophie et satisfaction, qu'il

se vit affecté dans la marine… à terre dans les jardins des mess, popotes, foyers, préfectures et amirautés diverses. Il apprécia les températures méditerranéennes de Toulon et une certaine façon de vivre avec le soleil. L'habitude de la sieste lui en était restée, lui qui avait fini son temps dans les jardins des arsenaux. Il ne porta guère l'uniforme, se mit rarement au garde-à-vous. Revenu à la vie civile et satisfait de ses habitudes, il se contenta de poser chaque jour un pied devant l'autre, sans trop se poser de questions. Célibataire, Claudius avait pris le temps de faire la part des choses de la vie. Il avait bien, quand il était un peu plus jeune, rencontré une veuve qui ne le laissait pas indifférent. Mais leur idylle ne dura guère qu'une petite année : « Elle voulait me commander et manger tous mes sous ! », avait confié Claudius à qui voulait l'entendre. On se méfiait toujours ici de ces femmes qui « mangeaient les sous », et il ne manquait pas de commères pour en dresser la liste, sinon précise, du moins trop bien renseignée. Comme partout, les sous étaient une grande référence.

Claudius refusa donc de se laisser « manger ses sous », par cette femme qui voulait, comble de l'exigence, qu'il revête un costume le dimanche et porte une cravate comme les gens de la ville. Elle tenta même de lui faire mettre un short en été. « Tu fais comme si tu es vacancier ! », lui disait-elle, rageuse.

Se contemplant vêtu en touriste dans la grande

glace familiale héritée de ses parents, il se vrilla un doigt sur la tempe et affirma : « Je vais devenir fou avec celle-là ! ».

À vrai dire, Claudius n'aimait pas vraiment les manières de son amie ni son accent stupide copié sur celui des “Parisiennes”. Elle l'abandonna d'ailleurs, à son grand soulagement, jetant son dévolu sur un certain Alphonse, un retraité originaire de Paris.

— Je suis tranquille maintenant qu'elle est avec son ingénieur, disait-il à ses amis.

— Pourquoi, c'est un ingénieur ?

— Tu sais bien qu'à Paris “ils” sont tous ingénieurs…

Jardinier de talent, Claudius travaillait donc avec le minimum de contraintes, afin ne pas abolir sa liberté. Comme il prenait plaisir à entretenir les jardins et à travailler la terre, Claudius y avait trouvé une voie aussi bien tracée que les sillons qu'il tirait.

*

*   *

Assis sur la margelle de son puits, les yeux mi-clos, le menton dans les mains, Claudius méditait, remontant lentement des profondeurs abyssales d'une belle sieste. Sa déconnexion le menait dans des espaces intemporels dont il ne revenait jamais sans difficulté.

L'absence momentanée de dentier le déguisait en

poisson-chat ensommeillé, rendant son élocution délicate et ses paroles carrément incompréhensibles. Les mots hésitaient alors entre un sifflement plus ou moins savamment chuinté, et la respiration sous-marine d'un homme-grenouille en palier dans les grands fonds. Il réservait alors ses riches monologues à quelques confidents précieux, ses chats, dont il entretenait avec affection une tribu étrange et disparate. Il y en avait des gros, des petits, des "carrés", des ronds, des distingués, des dépenaillés, des mousquetaires et des vagabonds.

L'arrivée surprise de Sarah lui fit enfourner prestement son appareil dentaire, posé, pour l'occasion sur le capot de sa voiture, un véhicule bleu, légèrement cabossé par les hasards de l'existence. « Ma voiture a 273 000 kilomètres. Elle va bien en faire encore 60 ou 70 000. Après, on verra... », affirmait-il.

Le dentier de Claudius retrouva son emplacement en une fraction de seconde. Deux petits mouvements des maxillaires achevèrent une mise en place précise, définitive.

— Bonjour, dit Sarah.

— Bonjour, répondit-il, un sourire élégant à la bouche.

Pour le reste, il était un peu dépenaillé. Les pans d'une chemise à carreaux, déjà fort usagée, débordaient largement de son tour de taille de jeune homme. Mince comme un fil, Claudius avait l'allure d'un coureur de demi-fond, lui qui n'avait exécuté le moindre mouvement sportif de son existence. Il s'endormait devant les championnats d'athlétisme, ronflait comme un sonneur quand la planète entière applaudissait les exploits des Jeux Olympiques. Lent et prudent, évoquant son “souffle au cœur” à chaque fois qu'on lui demandait un effort inopportun, Claudius ne répondait qu'à ses propres décisions. Une philosophie qui, jusqu'alors, lui avait permis de vivre à sa guise. Homme de peu de besoin, il avait conservé un tour de taille faisant bien des envieux.

Une tribu d'une dizaine de chatons beaux comme des petits dieux vint se frotter le long de ses jambes avant de trottiner vers Sarah. Toutes les merveilles du monde étaient réunies dans ces superbes petits animaux, ces boules de poils à la démarche malhabile.

— Ils ont quatre semaines. C'est ceux des petites, dit-il. Ils sont beaux, n'est-ce pas ?

— Superbes !

— Je ne vous en propose pas, s'excusa-t-il, parce qu'ils ont tous déjà trouvé preneur. Mais si j'avais su que vous seriez venue si tôt... Pour une prochaine portée, si vous voulez ?

Sarah, qui se demandait comment Claudius était au courant de sa visite, s'en félicita. Il n'eut pas fallu argumenter longtemps pour qu'elle se sente l'âme généreuse d'une mère adoptive... et possessive. C'est donc secrètement qu'elle regretta que les petits aient trouvé leur future famille.

Puis un chat étonnant, court sur pattes, sortit d'un grand abri de jardin monté de bric et de broc. La conversation l'avait-il réveillé ? Il s'étira puis se roula dans la poussière avec un plaisir évident. Des reliefs de toile d'araignée lui pendaient des moustaches, lui qui ressemblait à un gros hérisson au poil souple. Il avait un pelage infâme, couleur charbon et vison, des yeux verts de sorcier, et portait une rangée de petites dents un peu cruelles sur la mâchoire inférieure.

Il laissa les chatons le taquiner et lui mordiller les oreilles, puis tourna autour de Sarah, miaulant à la façon d'un accordéon enroué. Il se frotta contre ses jambes et elle se baissa pour le caresser.

— C'est “Distruch”. Il devait dormir dans la cage à poules, dit Claudius. J'ai vendu les pondeuses, alors il s'est installé à leur place. Il se plaît bien là-bas. Je ne sais pas d'où il vient mais il a bon appétit.

Sarah hocha la tête. Bien que se sentant parfaitement à son aise entre les chats et les pois de senteur, elle n'était pas là pour ça.

— Vous avez apporté votre appareil ? demanda Claudius.

— Quel appareil ? s'étonna Sarah.

— Ben, pour la mesure, à cause de la longueur de la ligne. Vous venez pour le téléphone, c'est ça ?

— Non. Je suis le lieutenant Sarah Christmas, de la Police Judiciaire.

— De la po… police…

Claudius en postillonna de stupéfaction.

— La police ! cracha-t-il enfin. On n'a pourtant rien volé dans le quartier !

Sans entrer dans le détail, Sarah lui expliqua le motif de sa visite.

— Il est arrivé quelque chose à la petite dame ? Elle a eu un accident ?

Sarah éluda la question :

— Quand l'avez-vous vue pour la dernière fois ?

Claudius réfléchit quelques secondes.

— Je crois que c'était pour les pois de senteur. J'en mets tous les ans. Oui, ça devait être ça.

— Plus précisément.

— Il y a une petite semaine. Elle était arrivée deux ou trois jours avant. Je ne m'en souviens plus très bien. Elle m'avait téléphoné, mais on entendait mal.

Claudius expliqua à Sarah pourquoi il avait ainsi pensé qu'elle venait pour le téléphone.

— J'ai appelé les "dérangements". Ils ont leur numéro sur l'annuaire. C'est assez pratique. Une personne très aimable m'a dit que j'étais en bout de ligne et que c'était pour ça.

Il prit "Distruch" sur ses genoux. Celui-ci se mit illico à ronronner. Deux secondes plus tard, il dormait comme le bienheureux… qu'il était sans le savoir.

— Bout de ligne ! Ça ne m'a pas surpris, poursuivit Claudius. Devant, si on va plein ouest, c'est l'Amérique. Ça pour un bout de ligne, c'est un sacré bout de ligne.

Il s'amusa de sa plaisanterie. Sarah devinait que derrière le personnage aux allures d'escargot et de pêcheur de cabillaud – qu'il forçait sans doute – se cachait un homme paisible, pondéré, et qui avait su trouver son équilibre en dehors des chemins habituels. Elle savait aussi, pourtant, qu'il ne fallait jamais se laisser prendre au piège de la sympathie. L'histoire judiciaire regorgeait – si on peut dire – d'assassins aux sourires d'angelots, de tueurs aux visages rigolards.

— Madame Dumontel vous avait donc appelé pour sa propriété ?

— Voilà. Elle m'a dit qu'elle était la nouvelle propriétaire et qu'elle aurait voulu que je continue le jardin comme avant. Elle m'a donné rendez-vous pour le jour suivant.

— Comment procédiez-vous avec ses prédécesseurs ?

— Je ne les ai jamais rencontrés. Les derniers étaient des Anglais. Ils ont dû venir deux fois. Les autres, avant, c'étaient des gens de la ville, de la "haute". Ils habitaient dans des HLM à Paris. Ni bonjour, ni bonsoir. Ça se prenait pour on ne sait pas quoi. Il ne fallait surtout pas y aller quand ils étaient là. C'est l'agence de Pont-l'Abbé qui s'occupait de tout.

— L'agence immobilière ?

— C'est ça.

— Et ça vous convenait de poursuivre avec madame Dumontel ?

Claudius émit un long sifflement admiratif :

— Et comment ! Elle a même augmenté le tarif, sans que je le lui demande. C'est pas comme avec les Parisiens d'avant. Ils avaient leurs sous attachés avec des pièges à souris.

— Vous a-t-elle semblée inquiète ?

— Oh là, non ! C'est une femme qui a du genre, une dessalée*, qui se met de la "poudrie"**. Elle est très bien. Souriante, très gentille. Elle doit avoir une quarantaine d'années. Ça c'est très bien passé. Mais on n'a pas discuté longtemps car elle était pressée. Je ne suis revenu que deux jours après.

— Et madame Bronstein, la plus proche voisine ?

— Elle est veuve depuis très longtemps. Voilà des années que je lui fais son jardin. Elle est un peu bizarre quelquefois. Elle me demande de lui apporter des crapauds ou des hérissons morts !

Claudius fit la grimace.

— Ce n'est quand même pas pour les manger ? Et son frère avec ses vers de terre ! Il paraît que dans le temps c'étaient des chirurgiens, ou quelque chose comme ça. Ils sont spéciaux, mais très gentils.

Sarah réfléchissait.

*Petit Larousse : familier : se dégourdir. « Elle commence à se dessaler. »

**Poudre de riz. Cosmétique en usage jusqu'aux années 60.

— Et quand devez-vous revenir chez madame Dumontel ?

— Dans une petite quinzaine sans doute. Elle me téléphonera.

Claudius semblait un brave homme. Si l'absence d'Angélique devait se prolonger, on finirait bien par remarquer les allées et venues de la police. Sarah pensait qu'elle pouvait faire confiance à Flora, celle-ci l'ayant assurée de sa plus grande discrétion.

Fallait-il parler, aller plus avant avec Claudius ? Sarah décida que oui.

— Madame Dumontel a disparu depuis trois jours, dit-elle.

La mécanique cérébrale de Claudius, ralentie par les effets à retard de la sieste, mit quelques instants à analyser l'information. Il sursauta, réveillant le chat qui préféra s'en aller, poursuivi par la file miaulante des chatons. Il ouvrit des yeux de merluchon... secoua la tête et faillit en décrocher son dentier.

— Disparu ? Mais... comment ?

— C'est ce que nous aimerions bien savoir. Je vous demande de garder cela pour vous et de me transmettre toutes les informations et tous les renseignements que vous pourriez recueillir.

Elle lui donna sa carte et ses coordonnées.

— Et moi qui croyais que vous veniez pour le téléphone !

Sarah évoqua également l'étonnante rencontre de Jean-Gabriel.

— Ça alors ! Eh ben, ça alors ! Il a dû avoir la trouille !

— Sans doute. À part lui, personne ne l'aurait vue depuis.

Claudius hocha la tête et se plongea dans une assez longue réflexion.

— Attendez. Si la petite dame s'est promenée sur les rochers ou sur la plage la nuit, de ce côté là, quelqu'un a dû la remarquer… ou alors ça me surprendrait beaucoup…

— C'est-à-dire ?

— Vous connaissez Ferdinand ?

À sa grande confusion, Sarah avoua que non.

— Il passe tout son temps à la pêche la nuit dans les rochers entre ici et le Goudoul*. Ces temps-ci, je sais qu'il circulait du côté de Karek Saoz. Sacré Ferdinand ! Il doit dormir avec les berniques ! Je vais vous dire où il habite.

Sarah nota l'adresse. Alors qu'elle allait s'en aller, que "Distruch", le chat infâme, revenait suivi de sa bande de chatons, Claudius se rappela soudain :

— Elle parle bien le français, pour une Américaine.

— Une Américaine ? s'étonna Sarah. Que voulez-vous dire ?

---

*Roches de Lesconil élevées le long de la plage par des géants mythiques, et dont les formes et les couleurs prennent des teintes magiques à certaines heures de l'année. Leurs éboulis évoquent aussi bien les ruines d'un temple barbare, que les portes de l'ancienne Atlantide.

— Eh bien, la dame, elle est américaine. Je l'ai entendue parler au téléphone. J'étais par hasard sous la fenêtre où je préparais les rosiers.

— Et elle parlait américain ?

— J'en suis certain. J'ai fait mon service à Toulon. Ça ne manquait pas les Ricains là-bas. On les reconnaît bien. Ils ne parlent pas comme les Anglais.

Sarah était stupéfaite.

— Mais que disait-elle ?

— Ah ça, je ne sais pas mais elle parlait vite. Moi, je connais juste trois ou quatre mots : « *good bye* », « *thank you* », « *little little* »... D'ailleurs, le gars qui était avec elle parlait aussi bien.

Sarah accusa un nouveau choc.

— Le gars ! Mais quel gars ? À ma connaissance, mademoiselle Dumontel vit seule.

— Ah ça ! Je ne sais pas. Mais là, il y avait quelqu'un avec elle. Elle lui a d'ailleurs passé le téléphone en américain.

— Et vous ne savez pas qui est cet homme ?

— Ben si, évidemment. C'était Duranton, déclara Claudius, comme s'il se fut agi d'une évidence.

— Duranton ? s'étonna Sarah.

— Vous savez bien, Robert Duranton, le costaud, Monsieur Muscle. Un malabar. Un sacré balèze ! On le voit sur toutes les photos.

Sarah comprit bientôt que les références de Claudius, en la matière dataient déjà d'un certain nombre d'années. Mondialement célèbre en son temps, le culturiste Robert Duranton avait fait la gloire des magazines sportifs spécialisés dans les années cinquante à soixante.

— Et vous connaissez bien ce monsieur Duranton ?

— Enfin, euh, ce n'est pas lui, le vrai... C'est Ferdinand qui l'a appelé comme ça parce que c'est un grand costaud. Il est large comme une maison de lotissement.

— Bien. Que fait-il dans la vie ?

— Oh, il doit être veuf ou à la retraite, ou quelque chose comme ça. Ça ne fait pas longtemps qu'il s'est installé ici. Il voyage beaucoup, souvent en avion, à Paris, et tout. Lui aussi parlait américain.

*

*   *

Ferdinand vivait à deux pas de l'eau où "*An teir ster*", « les trois rivières », alimentaient l'estuaire depuis des millénaires. Leurs flux et reflux successifs avaient, au cours du temps, charrié des milliers de tonnes de dépôts sédimentaires. Quelques années plus tôt, une immense vasière s'étendait encore en champs de sable gris parcourus de chenaux mouvants, aux balises incertaines. D'importants bancs de poissons fréquentaient alors cette zone nourricière, cette généreuse frayère naturelle. On y cultivait des moules et des armées de bigorneaux y avaient établi leurs quartiers généraux. Les anses, les carcasses de malamocks* à la retraite. Le “Rédempteur” et “L'Angélus”, servirent longtemps de berceau aux alevins et aux jeunes poissons. Quand arrivait le “bloom” de printemps, l'éclosion des larves, celle du phytoplancton et d'une immense collection d'animaux marins, l'eau prenait alors une teinte grisâtre, presque boueuse. Elle se chargeait de milliards d'animaux vivants, microscopiques pour la plupart, qui allaient participer à l'équilibre de la faune et de la flore.

Et puis le temps avait passé et on avait construit un joli port de plaisance à la place de la vasière.

Ferdinand, lui, échappait à toute référence et à toute influence. Les mulets avaient changé leurs habitudes, les flets se reproduisaient plus loin dans l'estuaire où ils allaient passer cinquante pour cent de leur existence. La vie sauvage se portait encore assez bien, à condition qu'on sache s'arrêter là.

On venait chez Ferdinand en passant sur un pont de quelques briques jetées sur un bras de mer. Personne ne se souvenait de celui qui les avait posées là. Les ruines d'un moulin à marée s'étaient, hélas, affaissées depuis des années au pied d'un chemin tracé au travers des bois de pins. Un ouvrage de terre et de pierre, monté par d'illustres inconnus, menait au bord de l'eau. On trouvait trace de sa splendeur

---

*Malamock : Type caractéristique de bateau bois des années 50 à 60. De nombreux malamocks ont fortement marqué l'histoire de Loctudy.

sur des cartes postales. Une association se proposait heureusement de le remettre en état.

Sarah apprécia le calme et l'abandon de ce refuge de Robinson de la pointe de Pen ar Veur. Une cascade de verdure sauvage coulait d'un mur de pierres sèches monté en fortification dérisoire sur un petit amas de rochers. Une volée d'oiseaux de mer passa au ras de l'eau. Un chien lourdaud, rigolo, bas sur pattes, aux origines indéfinissables, fit des joies à Sarah. Son poil hésitait entre le brun, le beige et le marron. À la vérité, son profil était plus celui d'un fardier de Cugnot que celui d'un train rapide. Son souffle court rappelait celui d'une chaudière à bois, ses longues oreilles pendantes, un balai de rail. Il était un de ces chiens de campagne du temps des “Sous-Préfets aux champs”, venus de nulle part et n'allant pas ailleurs qu'où les mène leur flair. Errants ou vagabonds, libertaires ou en quête de foyer, ils s'attachent, le plus souvent, à ceux qui leur ressemblent. Rarement conviés aux journées cynophiles aristocratiques, ils sont inconnus sur les “champs” d'Enghien. Pour les chiens comme pour les hommes, les sangs ne se mêlent guère qu'à l'occasion des batailles, des pilonnages et des coups de canons. En dehors de ces pugilats entre primitifs, on ne mélange pas les mondes.

Sarah repensait aux paroles de Claudius.

— Si quelqu'un était dehors à cette heure-là, c'est bien lui, Ferdinand. Il passe ses nuits à la pêche sur les rochers. Il fait aussi des maquettes de bateaux qu'il vend aux touristes en été. Ah, il se débrouille bien avec sa petite pension ! Et je suis sûr qu'il ne la dépense pas entièrement.

La grosse boule d'étoupe en forme de chien n'aboyait pas. Elle vint lécher de sa longue langue lisse le dessus des pieds de Sarah chaussée d'espadrilles de liège et de lin de Limoges. Elle lui passa la main sur le col, le caressa derrière les oreilles. Ses doigts se perdaient dans un pelage rude, habitué au sable et à l'eau de mer. Il rappelait celui de ces vieux poneys Highlands autrefois installés sur les îles Glénan, ces animaux rustiques qui se nourrissaient d'algues et de berniques. Il avait dû se rouler dans le sable humide et dans le goémon en décomposition.

— N'ayez pas peur ! dit une voix derrière elle, il n'est pas méchant.

Sarah ne sursauta pas. Malgré son petit jeu avec le chien, voilà plusieurs minutes déjà qu'elle avait repéré l'homme assis sur son banc de bois, derrière un long rideau de feuillage.

Si elle n'avait pas des yeux derrière la tête, Sarah possédait des sens intuitifs et des réflexes très développés. Certaines écoles d'arts martiaux orientaux développaient ainsi, à très haut niveau, au prix d'un énorme travail et de beaucoup de sacrifices, d'étonnants mécanismes de perception.

La concentration était alors un passage à un second stade de conscience, celui qui permettait, un court instant, de se libérer des références matérielles habituelles. Cette conscience s'activait dès lors que Sarah pénétrait dans un milieu inconnu ou inhabituel. En Orient, Sarah s'était très souvent entraînée dans le noir absolu. Il fallait alors savoir anticiper le mouvement adverse, éviter le coup de pied au visage, le balayage, la saisie du corps. Un souffle, l'accélération à peine perceptible d'une respiration indiquaient qu'un corps se mettait en mouvement. Le coup partait, frappait dans le vide. Certaines personnes étaient ainsi plus douées que d'autres dans la perception de l'environnement.

"La voix" de Ferdinand, assis sur un méchant banc bricolé avec du bois d'épave ne surprit donc pas Sarah.

— Je suis le lieutenant Sarah Christmas, de la Police Judiciaire, se présenta-t-elle, passant sous le feuillage…

— Ah !

Il posa une coque de maquette de trois mâts dont il achevait de clouer les fines membrures. Il tendit à Sarah une main rude à la paume sèche. Un début d'arthrose lui tordait deux doigts. Comme Claudius, Ferdinand, le pêcheur, consacrait de rares moments de son existence à l'exercice des grands principes philosophiques. À près de 70 ans, il n'avait jamais éprouvé le besoin de se remettre en cause. Grand diable maigre et sec, sinon émacié, dépourvu de cheveux depuis ses cinquante ans, Ferdinand partageait son temps entre ses maquettes et la pêche. Les fées qui, à sa naissance, s'étaient penchées sur son berceau lui avaient transmis un sens remarquable de la précision, doublé d'une patience infinie.

Comme il n'avait jamais vraiment travaillé de sa vie – pour des raison diverses, il n'en avait ressenti ni le goût, ni l'attrait – se contentant d'une modeste pension "d'accident du travail" acquise, disait-il, lors d'un bref passage comme serre-freins dans une ancienne compagnie du chemin de fer de la ligne Morlaix-Pont de Buis. Une vache couchée sur les rails ayant bloqué le convoi, elle embrocha Ferdinand d'un méchant coup de corne. Quelques coups de tête lui brisèrent un bras qu'il brûla assez grièvement aux tubes de l'échappement de vapeur de la chaudière. Inapte au service des chemins de fer trans- et intercantonaux, il s'en était rapidement consolé.

Si sa quête du Graal n'avait rien d'épique, il avait su trouver son chemin. Infiniment heureux quand les coups de vent faisaient bouillir l'écume, il arpentait les grèves et les amas de rochers à la recherche d'un adversaire valeureux, majestueux, le bar, le puissant "Dicentrarchus labrax", dont on assurait que le pouvoir de fascination pouvait rendre fou. La chronique se nourrissait ainsi d'histoires fantastiques, de chasses mythiques de poissons affolés, de curées faisant bouillonner l'eau, de vols innombrables d'oiseaux de mer tombant comme des pierres dans des tourbillons sauvages. Alors, insensibles à la pluie, au froid, au vent, au soleil, ceux qui poursuivaient cet animal fabuleux jusque dans leurs rêves, se coupaient du monde. Ils cherchaient l'écume sur les rochers, les mers blanches, les rouleaux où chassaient les carnassiers. Plus d'un s'était fracassé le corps sur les rocs les plus escarpés, d'autres s'étaient noyés ou perdus dans le brouillard. La réputation de Ferdinand n'étant plus à faire, on tentait de s'arracher ses conseils, sinon son amitié. Avare des deux, il consentait cependant, moyennant rémunération, en bigouden bien né, à guider parfois quelques touristes durant l'été.

La chienne au ventre ballottant vint s'allonger sur ses pieds.

— C'est Casquette. Je trouve qu'elle grossit. Mais vous n'êtes pas venue là pour mon chien, bien sûr ? dit-il à Sarah.

— Pas vraiment, non. C'est Claudius qui m'envoie.

— Ah ! Et il va bien ?

— Il me semble. Vous étiez à la pêche toutes les nuits de la semaine ?

— Oui. Comme d'habitude ?

— Toujours au même endroit ? précisa-t-elle.

— Sur les rochers de Karek Saoz*. C'était la meilleure période.

— Vous y allez souvent ?

---

*« Le rocher des Saxons ». Il est près de la pointe des Canons, à l'est-sud-est des Perdrix, là où l'on découvrit il y a une trentaine d'années des vestiges de bouches à feu d'un vaisseau anglais.

— À chaque fois que je pense y trouver du poisson. C'est-à-dire toutes les nuits depuis deux mois.

Ferdinand dégageait un petit air de Corto Maltese vieillissant. Mais Hugo Pratt n'aurait certes pas reconnu son héros aventurier dans ce personnage trop casanier. Malgré un physique qui n'avait rien à envier à celui Clint Eastwood, Ferdinand n'avait pas l'âme d'un vrai baroudeur. Solitaire, avare de discours, il pensait que les sentiments ne se confient à personne. On ne connaissait rien de sa vie privée, et personne n'aurait pu imaginer qu'il eût entretenu une danseuse. Lui, moins que quiconque. S'il avait des relations épisodiques, tout aussi discrètes que secrètes avec la veuve sexagénaire mais néanmoins bien en chair d'un douanier, il aurait fallu être agent secret pour le découvrir. Ferdinand ne demandait rien à personne, sinon le droit de vivre au calme, en paix, à sa convenance. Il n'aimait ni le bruit, ni les bavards, ni les grandes rues, ni les lotissements, ni les travaux publics ou privés. Il ne demandait rien, sinon qu'on lui fiche la paix et avait horreur qu'on lui casse les pieds. Il détestait les discours, les parlottes, les "*conchennou*"*.

---

*Conchen, pluriel conchennou : terme bigouden désignant les commérages divers et autres ragots. Généralement confiés sous le sceau du secret, ceux-ci font largement partie de la vie publique. Le secret le mieux gardé confié à une commère (spécialiste des *conchennou*) fait le tour du bourg en moins d'une heure. Certains *conchennou* remettent au goût du jour des ragots vieux de plusieurs générations. Le pays bigouden est assez réputé pour ses *conchennou*.

Mais il savait bien que son petit coin de vie était condamné. Que les cinq, dix ou quinze années qui venaient, le pulvériseraient, qu'il ne serait plus rien qu'une trace infime dans l'histoire.

Un jour, on bousillerait sa maison d'un coup de pelle mécanique.

Sans héritier, sans fortune, propriétaire sans malice d'un "bord de mer", il se dissoudrait sans bruit dans l'éternité.

Broyant son histoire dans celle des granulats d'un lotissement quelconque, des griffes de mécaniques diverses le soulageraient de toute préoccupation métaphysique post-mortem. On ne donnerait son nom ni à un coin de rue ni à un bac à sable... Ainsi allaient la vie et la mort.

— Avez-vous vu quelque chose d'inhabituel, une des trois dernières nuits ? avait demandé Sarah.

Ferdinand avait fait la moue.

— La nuit, tout est inhabituel. Et il y avait du crachin et de la brume. Alors...

— Alors ?

Ferdinand hésita un instant :

— Alors... J'étais sur les rochers depuis minuit. Il y avait un peu de ressac, du crachin et de la brume sur le bord de la mer. On n'y voyait pas à deux mètres.

— Mais encore ?

Il caressa le chien venu poser sa tête sur ses genoux.

— Il devait être quatre ou cinq heures du matin. C'était bizarre. Il n'y avait personne mais je sentais une présence très proche, des pas légers et une respiration. La nuit, c'est toujours un peu spécial. Je me suis redressé. En une seconde, j'ai vu quelqu'un sortir de la brume face à moi, à vingt centimètres.

Ferdinand respira très fort.

— C'était une femme blonde tout habillée de blanc, au visage ruisselant. J'avais mon ciré. Elle s'est approchée de moi et m'a passé une main sur la joue. Elle m'a regardé fixement pendant une seconde ou deux, puis m'a sourit. Je ne savais plus où j'étais. Elle m'a soufflé « à bientôt ! » d'une voix très douce. Elle a reculé et… plus personne.

Ferdinand se sentait frémir à l'évocation de ces instants impressionnants.

— J'ai souvent vu des trucs bizarres la nuit, dans le ciel, dit-il. Mais ça, c'était vraiment la première fois !

— Qu'avez-vous fait ensuite ?

— J'étais mort de trouille. J'ai essayé de remettre de l'ordre dans mes idées. Ce n'est pas toutes les nuits qu'on croise de si près un fantôme ou un truc comme ça.

— Parce que vous croyez que c'était un fantôme ?

— Que voulez-vous que ce soit ? J'ai l'habitude.

— L'habitude ?

— Bien sûr, affirma Ferdinand. J'en vois souvent la nuit, sur la vasière, quand je suis à la pêche. Mais ils ne m'approchent jamais. Ils sont plutôt sympathiques. Je ne les dérange pas, ils me laissent tranquille. Chacun son boulot.

Sarah se demanda s'il se moquait d'elle. Mais le sérieux avec lequel il en parlait lui fit penser que non.

— Trois ou quatre minutes plus tard, j'ai entendu des pas pressés, presque une course, dans la rue de la Grandière. C'était un homme. Il s'est avancé juste sous le lampadaire. C'est pour ça que je l'ai vu. Il a regardé partout. Il est descendu jusqu'à la plage, puis il est reparti, l'air pressé.

— Vous était-il inconnu ?

— Inconnu, inconnu... Oui et non. S'il n'était pas venu sous la lumière, ça n'aurait pas été facile. Mais avec un gars comme lui on peut difficilement se tromper.

— Que voulez-vous dire ?

— Il n'y en pas deux comme lui dans la région : c'était Duranton.

— Sarah cilla. Son réflexe n'échappa pas à Ferdinand.

— Vous le connaissez ? demanda-t-il.

— Non. Poursuivez, s'il vous plaît !

— Remarquez, ça n'est pas étonnant. Il n'est pas là depuis longtemps. C'est Claudius qui l'appelle comme ça. Robert Duranton. Ah ! c'était quelqu'un !

— Qu'avez-vous fait ensuite ?

— Je me suis assis sur un rocher et j'ai attendu une dizaine de minutes. Elle n'est pas revenue. Duranton non plus. Alors j'ai rapidement ramassé mon matériel et je suis rentré à la maison. Je n'étais pas très fier.

Et, ajouta-t-il :

— Si c'était un fantôme, elle ne devait pas être très méchante. Casquette n'a pas grogné.

V

La pièce sentait l'alcool. Un bras horriblement blessé et déformé s'appuyait sur la page du journal. La lame de rasoir découpait des lettres et des mots dans une vieille page du *Times*. Le tranchant suivait au millimètre le bord d'une règle plate métallique, publicitaire. On ne trouvait plus guère de ces lames à rasoir mécanique, emballées dans du papier de soie jaune. « Tchtt-tchtt-tchtt... », scandait une voix à chaque découpe. Des mains soigneusement protégées de gants de latex, déposaient les découpages sur la nappe : A, C, T, M, P, E, E, I, M, G, J, Z, FEU, S, C, En, Tie... Les coups de lame transformaient les feuilles de journaux en masques de spectacle grotesque. Le vieux numéro du *Times* partait en charpie. Un *Der Spiegel* de 1972 était dans le même état. Des pages entièrement mutilées rejoignaient dans un bac à déchets d'autres vieux numéros aux titres soigneusement balafrés. On s'était appliqué à déchirer les mots, à détruire les images, à rompre les liens avec le passé. Il fallait avoir un attachement morbide à quelque histoire secrète pour cisailler ainsi les plus banales des informations. La lame avait rageusement déchiré des visages d'inconnus définitivement dédiés au néant. Il ne restait que des déchets de présidents rougeauds suspendus à la déclinaison d'une de leurs phrases historiques sans intérêt, de délégués aux discours percutants, de philosophes répétant que « l'histoire n'est qu'un pas dans l'espace-temps, et que celui qui vient précède le suivant ». Quelle affaire, quand les personnalités qui faisaient la "une" étaient mortes depuis bien des années…

Qui se souvenait encore de Kossyguine, de Chichester Clark, de Vera Jayne Palmer, le "Buste", plus connue sous le nom de Jayne Mansfield. L'histoire n'était donc qu'un leurre, qu'une illusion dont, seuls, les journaux gardaient la mémoire ?

Un électrophone, un antique Teppaz noir de crasse, diffusait un vieil air des Beatles : « *When I get older, losing my hair, many years from now…* ». La célèbre chanson des Beatles revenait en boucle. Et la voix répétait les paroles au fil du texte de Lennon et Mc Cartney : « *Will you still be sending me a valentine birthday greetings, bottle of wine ?* »

La peau blessée, ridée, ravinée du bras, se tendait sous la pression des doigts.

— Jamais deux mots d'une même page sur un message. C'est ça qui les a tous perdus. Deux mots d'une même page. Tous coincés. Trop sûrs d'eux.

La voix éclata d'un rire hystérique. Les doigts alignèrent les découpes sur la nappe : « *Te souviens-tu de Siméon ? Tu as vu comme ils l'ont liquidé. Ta fille a eu du pot ! Je l'ai vue l'autre jour. Elle a l'air d'aller très bien.* »

« Plus qu'à coller tout ça ! », dit la voix. « Et en plus, un petit cadeau-photo. Ah, ah ! Ils ne l'attendent pas celle-là ! »

Et la voix éraillée, accompagnant John Lennon chantonna : « *When I get older, losing my hair, when I…* »

Elle eut un hoquet impressionnant…

« *When I get…* »

Le chantonnement cessa brutalement. Le décor changea en quelques secondes. Des images crépusculaires se mirent à défiler. La main voulut saisir une arme sur la table, mais elle n'était qu'une photo de couverture d'un livre dédié aux armes de guerre. Les dessins, les documents les plus plats, prenaient du relief comme à travers ces visionneuses pour enfants.

Le pic, dû à l'association de neuroleptiques et d'alcool, avait atteint son maximum. Le mélange, détonant, aussi explosif qu'une bouteille de butane, transformait l'organisme en bombe de chair détachée de l'esprit. Une telle dose aurait tué un être normal ou inaccoutumé à la drogue. Ceux qui avaient beaucoup voyagé s'étaient ainsi, parfois, laissés aller à la consommation d'herbe ou d'opium, repoussant chaque jour les limites de l'overdose. La came transformait alors les réseaux nerveux en alambics, les organes en bouilloires explosives. Mais la destruction volontaire du corps avait pris plus de temps que prévu. Quelques années auraient dû suffire pour qu'explose définitivement cette prison sans murs. Ce n'avait pas été le cas. L'organisme s'était révolté. Il avait résisté, refusant de céder.

Et puis, des événements imprévus venaient de tout changer. Ce n'était ni une question d'ordre ni de désordre, mais l'histoire avait eu des sautes d'humeur. Elle avait fait une sorte de galipette, faisant remonter à la surface bien trop de souvenirs enfouis. Un mot, une parole, suffisait souvent à rallumer l'étoupe d'une mèche que l'on croyait éteinte.

« Woh, woh, woh… » expira la voix. Les narines dilatées semblaient des bouches incongrues aspirant à des seins invisibles. C'était une vue horrible, indécente. Les yeux, la bouche, s'ouvraient et se fermaient sur des images insoutenables. Des rangées d'hommes et de femmes alignés s'approchaient de la source comme autant de formes imprécises aux visages voilés. Il y avait des fours, et des fours encore, et un homme qui hurlait derrière les flammes.

Un cri épouvantable, une plainte de souffrance, couvrit brutalement la musique. Le terrible hurlement se calma, faisant place à des modulations hystériques et à des lamentations de pleureuses.

— Non ! Non ! Assez. Ça suffit.

Depuis trois ou quatre ans, les hallucinations revenaient de plus en plus régulièrement. Les scènes atroces, insoutenables se développaient toujours à partir d'une petite tache rouge qui finissait par envahir l'œil. Des murs de flammes naissaient d'étincelles, aspirant de longues cohortes d'hommes enchaînés à des machines aux chenilles boueuses. Et puis il y avait les cris effroyables, ceux de la crémation d'êtres vivants suppliciés, immobilisés, livrés aux langues de feu. L'air sentait l'essence, la chair brûlée.

Pour la deuxième fois de la journée, un mugissement insoutenable de sirène s'était déclenché dans sa tête. La personne attablée se leva brusquement, faisant tomber la chaise. Un nouvel hurlement retentit. Ses mains voulurent se plaquer sur ses oreilles, mais son bras gauche refusait de fonctionner. C'était la même chose à chaque crise. Ce bras décharné, à la peau craquelée et dévorée, qui refusait une nouvelle fois d'obéir, balaya la table. Les feuilles volèrent, la colle se renversa sur le sol. Les mugissements de la sirène invisible emplissaient la pièce. Plus rien n'existait que ce hurlement strident, métallique, qui vrillait son esprit. Malgré une succession de gestes désordonnés, le bras droit parvint enfin à immobiliser le gauche. Il vibra encore de soubresauts d'animal captif, avant de s'immobiliser presque totalement. La main droite saisit enfin la gauche, aux doigts miraculeusement préservés. Les appels de la sirène s'éloignèrent. La voix redressa la chaise et s'assit devant le bureau ravagé. Elle bloqua le bras gauche entre ses jambes, le serrant violemment. Le bras s'immobilisa enfin et les doigts, retrouvant leur mobilité, glissèrent sur le bureau à la manière d'une salamandre blessée, traînant ses pattes arrière. Ils se crispèrent alors que la bouche dessinait une grimace affreuse. Elle évoquait une figure animale aux traits primitifs. La main libre parvint enfin à ouvrir le tiroir. Il était bourré de lots de plusieurs dizaines de plaquettes de tranquillisants.

Il y en avait toujours à portée de main, dans chaque meuble de la maison. Les spasmes se calmèrent en quelques minutes après l'absorption de quinze ou vingt comprimés. Le souffle retrouva son rythme normal. Les violents battements de cœur se calmèrent. L'afflux de sang aux tempes perdit de son intensité. La crise était finie. Elle avait duré moins de dix minutes. Mais la dose de chimie nécessaire augmentait à chaque fois. Les plaquettes pillées dans les pharmacies lui assuraient une bonne dizaine d'années de sécurité : « Bien plus qu'il n'en faut. Mais c'est au cas où… »

Une idée fixe revenait cependant : « Combien en faut-il pour y passer ? Un jour, il faudra bien. Ça ne peut pas durer. »

Son accoutumance s'étant effectuée au cours des années, la consommation avait augmenté peu à peu. La prescription normale d'un ou deux comprimés était rapidement passée à quatre, voire cinq ou six, à toute heure du jour ou de la nuit.

Les nuits étaient d'ailleurs les plus difficiles à supporter, quand retentissait la sirène. Une longue flamme montait alors dans le ciel, et les éclats d'acier tranchaient l'épaisseur nocturne, percée de cette horrible chandelle. L'odeur de la chair carbonisée couvrait celle du feu.

Les premières atteintes de schizophrénie s'étaient manifestées bien des années auparavant. Elles n'étaient au début que quelques infimes poussières venues enrayer la mécanique si précise de son mental. Deux ou trois semaines de traitement aux neuroleptiques avaient paru éradiquer la psychose. La forte intelligence avait vite repris le dessus. Très rapidement pourtant, les symptômes s'étaient aggravés. La douleur mentale s'était réveillée dans un long mugissement de sirène émergeant de la nuit. Une alerte au feu, de peu de gravité, réveillait à cette heure-là les sapeurs-pompiers du bourg. Mais la psychose reprenait déjà ses ravages. Des véhicules aux moteurs grondants, des cris, des appels au secours, des soufflerie hurlantes envahissaient son esprit. Des vitres éclataient sous le souffle de l'incendie. Des corps se tordaient, hurlant leur détresse. Les échos de leurs plaintes se répétaient à l'infini. C'était un de ces matins de cauchemar où des milliards d'informations, de souvenirs, de mots, échappaient à tout contrôle. Le contact avec la réalité était totalement rompu. Il lui avait fallu de plus en plus de calmants. Trop. Beaucoup trop. Bien plus que ce que pouvait fournir une ordonnance médicale normale. Le premier cambriolage de pharmacie de campagne avait été si simple, si rapide, qu'en quelque temps, plusieurs centaines de boîtes s'empilaient sur des étagères. Il y avait là, à l'époque, de quoi droguer la moitié du pays. Mais ça ne suffisait pas. Il en fallait encore et encore, afin d'alimenter ce délire, cette idée fixe d'un manque possible : « Et s'il y avait une guerre ? Et si ça brûlait ? Et si on était inondé ? Et si… »

*

* *

Donatien, dont Sarah avait trouvé la carte chez Angélique, était un ancien pilote de l'Aéronavale. Il avait longuement travaillé sur l'histoire locale. Cet érudit s'était notamment intéressé aux relevés métriques des côtes.

Il avait retrouvé des travaux de mesure du célèbre Charles de Beautemps-Beaupré, chargé sous l'Empire et la Restauration de grands travaux hydrographiques. On devait à ce scientifique quelques superbes dessins peu connus et leurs relevés, d'une précision remarquable, des abords de Loctudy.

— À la retraite, je me suis pris de passion pour la petite histoire, expliqua-t-il à Sarah. C'est étonnant car, Auvergnat d'origine, j'ai rapidement adoré l'histoire bretonne. Je me suis également intéressé à la généalogie, et c'est comme cela que madame Dumontel m'a contacté. Nous ne nous sommes vus qu'une fois.

Donatien n'avait rien de la fausse image de l'historien désordonné, encombré de documents empilés. Son bureau était à l'image du personnage : impeccable. Le matériel informatique, la photocopieuse laser dernier cri, la webcam, des dossiers suspendus rangés comme pour la parade, lui donnaient des allures de magasin de matériel de bureautique…

Il raconta à Sarah comment Angélique s'intéressait à De Brassin. Elle lui avait confié avoir trouvé son nom dans un ouvrage sur le Chicago de la Prohibition.

— C'était étonnant cette présence d'un Breton dans une histoire de gang américain. Cela l'avait surprise puis intéressée.

— Où en étaient vos relations ?

— Madame Dumontel ne m'a pas caché que, s'installant à Loctudy, une collaboration pouvait également être bienvenue. Elle me proposait quelques recherches locales ou régionales, moyennant rémunération sur notes d'honoraires.

Donatien expliqua comment, déjà avant la venue d'Angélique, il avait, lui-même, commencé ses recherches sur De Brassin.

— C'était un personnage local intéressant. Un peu mystérieux, riche, sans profession véritable.

— Il vivait de ses rentes ?

— Oui et non. Enfant, il résidait ici chaque été, dans la propriété familiale, sur l'île de l'anse du Chupen. Sa famille y avait construit un manoir à la fin du

XIXe siècle. Il y a vécu un peu, puis il a dû partir en Amérique vers 1920. C'était le début de la Prohibition. Il aurait fréquenté des gangsters comme Johnny Torrio*. Mais je pense que ça a dû se gâter pour lui à l'époque où Torrio s'est offert un long voyage en paquebot vers l'Europe pour échapper soit à des tueurs, soit au fisc. De Brassin était-il en sa compagnie ? Je n'en sais pas plus, sinon qu'il aurait eu des ennuis avec la Prohibition. Étranger, il aurait été expulsé des USA. Il faudrait chercher un peu plus. Il serait revenu en catastrophe par le premier paquebot. Il a dû séjourner un temps à Paris, avant de s'installer définitivement à Loctudy entre 1925 et 1930. J'ai le dossier ici. Je devais reparler de tout ça avec madame Dumontel.

Il se leva pour prendre ses documents sur une étagère. Le volumineux dossier lui glissa des mains et heurta son bras gauche, lui arrachant une grimace de douleur. Sarah s'approcha pour l'aider. Sa manche remonta et elle remarqua qu'il avait le bras décharné et une mobilité des doigts incomplète.

— Un accident d'avion, il y a plus de 30 ans, expliqua Donatien. J'ai dû m'éjecter. Mon navigateur également. Résultat, graves brûlures au troisième degré et lésions irréversibles pour moi. Je n'ai plus jamais piloté, mais les chirurgiens m'ont plutôt bien récupéré. Ça aurait pu être pire. Je ne sais pas trop

*Célèbre "bootlegger". Il fit venir Al Capone et d'autres gangsters à Chicago.

pour mon navigateur… Il paraît qu'il serait devenu un monstre, hébergé en hôpital psychiatrique. Il a toujours refusé de me revoir.

Sarah ne fit aucun commentaire. Les fracas de la vie laissaient toujours, ainsi, quelqu'un de profondément blessé sur le bord du chemin.

*

* *

Le travail mené par Donatien permettait de retracer assez fidèlement la vie d'Ignace de Brassin :

Né en 1879 sans qu'il y soit pour grand-chose en réalité, héritier d'un père, vieux général fortuné – qui poussa le sens du devoir jusqu'à mourir en 1900 – et d'une mère héritière de parents industriels sucriers, Ignace, sans profession véritable, amateur d'amours ancillaires et coureur de jupons, avait, en 1916, définitivement rompu avec les canons trop bruyants de ce temps. À la vérité, il n'en aimait pas vraiment le calibre. Il appréciait peu les fracas de la guerre, le Crapouillot* et la boue trop lourde des champs de bataille. Non par antipatriotisme mais par couardise. Il pensait sa peau trop fragile et trop pâle pour résister efficacement aux éclats d'obus. Et la réputation d'efficacité de "Rosalie"** ne suffisait pas à le

*Un mortier de tranchée.

**La célèbre baïonnette française dont les plaies ne se refermaient jamais. Il y en eut hélas d'autres, dans d'autres pays.

délivrer de ses craintes. La garance et le style "piou-piou" n'étaient pas ses références, lui qui portait plus facilement la jaquette et la cravate de soie que les bandes molletières. Il décida donc, toute lâcheté courageusement assumée, de prendre ses distances avec l'actualité guerrière. Réformé pour raisons diverses et relations intimes de sa mère avec un ami amiral, cousin de son père décédé, Ignace donc, avait vécu le conflit à l'abri des murs ouatés des maisons closes de la grande cité. Il se garda bien, tout ce temps, de se mêler d'affaires qui, plaidait-il, ne le regardaient pas. De fusils et de carabines, il n'en connaissait l'usage qu'à l'occasion de chasses dans des propriétés, à condition toutefois qu'elles se terminassent en soirées du cru.

Amateur d'art, il était un protecteur assidu des jeunes peintres* pleines d'avenir. Son tempérament guerrier se limitant à l'escrime, Ignace, qui tâtait assez bien du fleuret et de l'épée, ne dédaignait pas de se livrer à quelques duels, sans danger, dans une des nombreuses salles d'armes que l'on trouvait alors à chaque coin de rue.

L'assaut était sans danger et avidement applaudi par quelques spectatrices dont il assurait, en mécène attentif, la promotion artistique. Propriétaire de deux

*On ne disait heureusement, pas encore, à l'époque, peintresse, ingénieure, professeure, ou conducteure, ou escrimeure. Les amateures n'étaient pas à la mode, pas plus que les docteures ni les receveures des Postes et Téléphones à Fil, et la mode n'était pas aux écrivaines.

maisons closes ayant pignon sur rue, Ignace De Brassin aimait vivre à l'aise.

Il partit un an ou deux pour les Amériques. Il en revint plus riche qu'avant, chargé de bons au porteur. Sa mère décédée, il vendit quelques biens de grands boulevards, deux ou trois propriétés à la campagne et des intérêts dans un casino.

Ignace dépensait sans vergogne des fortunes qu'il n'avait jamais contribué à gagner, sinon malhonnêtement. Prodigue d'un argent dont il ne connaissait pas la valeur, Ignace, en sus de ses énormes moyens financiers, possédait un certain talent critique.

Les Petits Rats de l'époque le trouvaient drôle, entreprenant et particulièrement généreux. C'est ainsi qu'Ignace trouvait matière à occuper son oisiveté dans la promotion de l'art.

Il importa ses dons à Loctudy où il aurait pris, semble-t-il, une retraite anticipée, moins trépidante. Ignace, promoteur des arts, des lettres, de la danse légère, coula paisiblement ses derniers jours dans sa propriété, en casquette à carreaux et bottes de cuir. Bâton de chaise largement pourvu, il acheva, bizarrement, une nuit, sa vie de débauché au coin d'un trottoir de Quimper-Corentin, sur le socle trop solide d'un réverbère municipal.

En ces temps où le gaz s'éteignait parfois entre deux coups de lampe, il avait choisi le poteau du milieu. Son Champagne de haut rang et de grand millésime s'épandit, hélas, dans le fracas mécanique de la dernière automobile à la mode contre un mur de la rue de la Préfecture.

Célibataire, il laissa en héritage à de vagues cousins expatriés au Brésil, à São Paulo, un château, des toiles, de la vaisselle, une Hispano Suiza en déconfiture, et, en dernier lieu, un matelas d'actions turques et russes.

— Voilà, commenta Donatien. Et, pour ajouter au tableau, la compromission de De Brassin dans le trafic d'ivoire du "Mara Dromna", un cargo yougoslave, est pratiquement avérée. C'est une affaire qui date de 1925 ou 1928.

Donatien expliqua à Sarah comment, quelques années après la guerre 14-18, une multitude de trafics s'étaient développés, tant en Europe qu'en Afrique.

— Le "Mara Dromna" était un gros cargo allemand, une prise de guerre, immatriculé à Marseille qui cabotait sur les côtes africaines.

Des réseaux de trafiquants s'étaient installés dans toutes les villes, aboutissant inévitablement aux ports du Nord ou de la Méditerranée. Armes, cigarettes, drogues, alcool, circulaient dans de vieux camions américains bâchés recouverts de caisses de légumes ou de tas de ferraille.

Chargée de nuit sur un dock désert, la marchandise échouait dans les fonds d'un cargo en partance pour Tanger, Malte ou Tunis. Certains parages des marigots de la côte africaine servaient de refuge à des groupes organisés de contrebandiers. On pouvait y gagner des fortunes en quelques voyages. Mais ceux qui étaient pris voyaient s'ouvrir les portes du bagne.

— Il y a toujours eu de gros trafics d'ivoire. Il fallait affréter, très cher, ces bateaux que l'on risquait à tout moment de perdre. Il fallait beaucoup d'argent. De Brassin aurait utilisé des prête-noms et même sacrifier des navires pour faire passer de plus gros trafics.

Donatien rappela comment de nombreux réseaux s'étaient installés entre l'Europe et l'Afrique. Les noms des plaques tournantes étaient universellement célèbres : Tanger, Gibraltar, Tunis, Dakar… On trafiquait de l'ivoire, de l'or, du tabac, des drogues, des femmes.

— D'après mes sources auprès d'archives marocaines et espagnoles, le cargo aurait été pris en chasse par la douane. Il s'est enfoncé dans la tempête pour lui échapper. On ne l'aurait jamais retrouvé.

— Il a fait naufrage ?

— Croyez-vous ? dit Donatien en souriant et montrant une carte postale des quais de Bordeaux.

— Regardez à la loupe.

Sarah examina soigneusement le document. Les noms sur la coque de plusieurs bateaux étaient aisément visibles.

— "Mara Dromna", lut-elle. La date est postérieure. Conclusion ?

— Conclusion, le navire n'a pas été perdu dans la tempête.

— Et ce n'est pas tout.

Donatien lui tendit un nouveau document, un catalogue assez ancien où un collectionneur local avait réuni des séries de photos prises sur le port de Loctudy. Elles représentaient, pour la plupart, des fêtes sur les quais, à l'époque des grandes régates à l'ancienne.

— Regardez là... Derrière les voiliers...

Quelques sloops et une chaloupe croisaient sous voile au milieu de l'anse.

— Regardez bien !

— Extraordinaire ! C'est bien le même navire.

Le “Mara Drogma” était mouillé face à l'Île-Tudy.

— L'anse était profonde à cette époque. La nuit venue, je suppose qu'il a dû gagner l'île du Chupen ?

— Je le suppose aussi. Et avec une cargaison à bord. Cargaison qui a vraisemblablement disparu.

— Les vieux documents de port signalent qu'il a quitté les lieux deux jours plus tard. Tout cela n'avait rien d'extraordinaire. Loctudy était un gros port de commerce recevant de nombreux vapeurs marchands.

Les héritiers sud-américains ne s'y intéressant pas, la propriété du Chupen avait plusieurs fois été revendue.

— Au début des années cinquante ou soixante, un industriel étranger a voulu y installer un chantier naval. C'était un Levantin, un homme très fort en affaires. Il possédait déjà plusieurs usines. Il en rachetait sans cesse. Les revendait. Sa clientèle était essentiellement méditerranéenne. L'idée du chantier naval était bonne mais, autant que j'ai pu en savoir, un incendie a tout détruit. L'envasement rapide de la rivière a achevé de combler le chenal d'accès. Tout est à l'abandon depuis.

— Je vais aller visiter ça.

— Je pense que ce sera assez difficile. L'accès est délicat, sinon dangereux.

— Nous verrons bien.

Sarah avait beaucoup réfléchi en quittant l'historien. Ce navire fuyant dans la tempête pour échapper aux douanes marocaines ou espagnoles ne le faisait pas pour le plaisir de la course-poursuite. Repérés dès leur départ de la côte ouest-africaine, les trafiquants devaient prendre des risques considérables pour échapper aux grosses barges à charbon ou à vapeur de la police et de la douane. Il valait mieux ne pas être pris car on ne revenait pas des geôles de Tunis, de Tanger ou de Fez. À condition même d'arriver jusqu'à là. Les douaniers ou les militaires étaient assez expéditifs et les requins de Méditerranée avaient les dents effilées. Leur plus grand défaut était sans doute d'adorer le goût du sang.

*

* *

Paul Vandenmerge, le faux Duranton qui impressionnait tant Claudius, était effectivement une personne à la carrure étonnante. « Il est large comme une maison de lotissement », avait dit le jardinier.

À près de soixante-dix ans, Paul Vandenmerge demeurait en effet un homme massif, sinon herculéen. Sous ses rares cheveux blancs, peignés en arrière, doté d'un très haut front, il avait le regard d'un fonceur et la souplesse d'un molosse. Pesant sans doute plus de cent kilos, il avait à peine un peu de ventre. Son regard gris et froid était d'une étonnante imperméabilité. Son physique dégageait une puissance phénoménale.

Son studio de location était tenu d'une façon tout à fait exemplaire. Deux bagages, soigneusement rangés dans un coin de l'entrée, laissaient penser qu'il voyageait souvent. Il fit entrer Sarah dans un salon avec cuisine à l'américaine.

— La police ? Que s'est-il passé ? demanda-t-il avec une surprise évidente.

Sarah alla droit au but :

— Connaissez-vous mademoiselle Dumontel ?

Il fronça les sourcils, son regard se chargea d'inquiétude.

— Angélique Dumontel, voulez-vous dire ?

— Oui. C'est bien ça.

La réponse désarçonna Sarah :

— Mais, c'est ma fille ! Que lui est-il arrivé ?

« Sa fille ? » Une série de flashes revint à l'esprit de Sarah.

— Il ne lui est rien arrivé. Je cherche seulement à la rencontrer. Quand l'avez-vous vue la dernière fois ?

— La dernière fois ? Il y a moins de dix minutes.

— Dix minutes !

— Tout au plus. Nous étions ensemble, ici, peu avant votre arrivée. Elle sera revenue dans une demi-heure environ. J'aimerais comprendre.

Cette situation, évidemment imprévue, ajoutait à la confusion des événements.

— Il s'agit bien d'Angélique Dumontel, la généalogiste récemment installée à Loctudy ? insista Sarah.

— Oui. C'est bien ma fille. Je peux même vous préciser qu'elle est née le 3 août 1960, à 21 heures. J'aimerais comprendre…

Sarah lui expliqua alors l'affaire, les apparitions surprenantes d'Angélique, le brouillard, sa disparition momentanée, l'inquiétude de Jean-Gabriel, de Ferdinand, et lui-même, au bout de l'impasse. Paul Vandenmerge semblait à la fois rassuré et troublé.

— Je comprends mieux. Toute petite, Angélique était sujette à des crises de somnambulisme après la mort de sa mère. Ça se passait en général vers trois ou quatre heures du matin. Elles se sont espacées à sa puberté jusqu'à disparaître.

— Sauf cette semaine ?

— Je ne sais pas. Nous ne nous étions pas vus depuis trois mois. Nous rentrons des États-Unis après une très longue absence.

Sarah apprit ainsi qu'après un mariage manqué aux USA, quelques années auparavant, Angélique était venue en France. Elle faisait alors plusieurs fois par an le trajet au-dessus de l'Atlantique pour revoir sa famille.

— Cet échec l'a beaucoup marquée. Elle a vécu à Paris durant quelques années. Enfin, nous avons tous décidé de nous installer en Bretagne. J'ai loué un petit studio et précédé ma famille de quelques mois pour trouver la maison près de la mer. Nous avons tout fait par internet. Mais j'ai dû repartir aux USA alors qu'Angélique emménageait. L'autre soir, je suis rentré de voyage très tard, mais elle était absente quand je suis passé dans la nouvelle maison. Ses vêtements étaient dans la chambre J'ai eu très peur. Je l'ai cherchée sur les rochers. J'ai couru partout avant de la retrouver dans la rue de Kerlannick.

— Était-elle encore sous…

— Non. Elle était trempée, adossée contre un mur et parfaitement réveillée. Elle tremblait de froid. Je l'ai immédiatement ramenée ici pour qu'elle se repose. Je suis retourné le matin suivant lui chercher ses vêtements alors qu'elle dormait encore. C'est aussi simple que ça.

— Avez-vous refermé la porte d'entrée ?

— Non. Je ne savais où Angélique avait mis la clé. De toute façon, ça ne risquait pas grand-chose et je ne pouvais pas faire autrement. Je pense également que j'ai dû oublier d'éteindre une ou deux lampes.

— C'est exact.

— Pauline, ma femme, est américaine, poursuivit Paul. Elle était traductrice à l'ONU. C'est là-bas que je l'ai rencontrée. Angélique a une demi-sœur, Judy. Entre nous, nous parlons indifféremment le français, l'anglais, l'espagnol et l'allemand.

« Elle parlait bien le français pour une Américaine », avait assuré Claudius. Le français, l'anglais, l'allemand... et pourquoi pas l'espagnol ? Sarah se félicitait du dénouement heureux de l'affaire. Dans quelques instants, au retour d'Angélique, tout serait donc réglé. Il n'y aurait plus ni Dame Blanche, ni fantôme, ni drame, ni mystère.

Sarah ne sut jamais ce qui la poussa à poser une dernière question, celle qui, elle l'ignorait encore, allait tout remettre en cause.

— Le prénom de Siméon vous dit-il quelque chose ? demanda-t-elle.

Les yeux de Vandenmerge s'écarquillèrent de stupéfaction. Blême, il poussa un « oh ! » d'intense surprise.

— Mais c'est impossible ! Ça ne veut plus rien dire ! Comment êtes-vous au...

Malgré la force de ses traits, son visage avait pris une pâleur inquiétante. Sarah s'en inquiéta.

— Non, non. Ce n'est rien... ça va passer, dit-il. Tout est tellement inattendu aujourd'hui !

Les yeux fermés, les mains croisées derrière la tête, il se laissa aller à une profonde séance de relaxation accompagnée de vibrations ventrales très sonores.

Sarah connaissait bien ces exercices d'une apparente simplicité mais d'une très grande efficacité.

Elle constatait que l'âge n'avait entamé ni les énormes capacités physiques et sportives, ni les capacités de concentration mentale de Paul.

— Comment connaissez-vous ce prénom, du moins pourquoi faire ce lien avec moi ? demanda-t-il quelques instants plus tard.

Sarah lui raconta sa visite chez Angélique. Les noms écrits sur une feuille.

Il hocha la tête.

— Siméon ! C'est une affaire de fous qui a près de quarante ans. Et Angélique ne connaît pas ce... Siméon qui...

Sarah n'était pas née à l'époque. Quelle était donc cette histoire ancienne qui bouleversait tant un homme comme Vandenmerge ?

— Je n'ai rien à vous cacher et je sais qu'en tant qu'OPJ*, je peux vous parler en toute confiance. Ce que je vais vous raconter vous paraîtra invraisemblable. C'est pourtant la stricte vérité.

Le récit qu'il fit à Sarah était, effectivement, peu commun.

— Ça s'est passé à l'été 1967. La maman d'Angélique était décédée depuis quelques mois... En réalité, je ne me nomme pas Vandenmerge et mon véritable nom n'a plus d'importance aujourd'hui. J'en ai porté plusieurs durant ma jeunesse. Dumontel est le nom de la maman d'Angélique. Ça permettait de

*OPJ : Officier de Police Judiciaire.

les préserver toutes les deux. Dans ces années-là, j'étais dans l'armée. C'était la période de la guerre froide et de risque de conflit généralisé. Je faisais partie d'une équipe de gens, disons, plutôt discrets. En fait, j'appartenais tout à fait officiellement d'ailleurs, au contre-espionnage français et je n'agissais que sur mission. La mort de ma femme dans un accident de voiture a été un drame épouvantable. J'étais en Afrique. Je suis rentré dans la nuit. Angélique, notre fille unique, était petite et se retrouvait seule au monde. Arrivant en fin de contrat, j'ai décidé d'arrêter, de faire autre chose pour m'occuper de ma fille. J'étais sportif, je voulais monter une école ou me recycler dans l'éducation physique. Mes chefs me comprenaient et ils n'y voyaient aucun inconvénient. Et ils avaient confiance en moi. Tout était réglé.

Il raconta à Sarah comment il avait accepté une dernière mission, un simple travail de planque, apparemment sans danger, dans le port breton de Loctudy.

— Ça se passait pendant les grandes vacances 1967. Nous n'étions jamais venus en Bretagne. « Tu vas prendre un peu de repos avec ta fille. Ça te permettra d'oublier... », m'avaient proposé mes supérieurs. J'aurais pu refuser mais je n'avais pas de réelles raisons de le faire. Je devais faire le vide dans ma tête, retrouver mon équilibre. On m'a trouvé une belle location avec la petite dans un hôtel qui a disparu et qui donnait alors sur la grève du port. Ça s'appelait l'Hôtel des Flots. Nous étions à dix mètres de l'eau, avec le phare des Perdrix devant la fenêtre. Le décor a bien changé depuis. Mon seul travail en trois semaines a consisté à me trouver sur le port, la dernière nuit de notre séjour, à une heure précise. Je devais seulement m'assurer qu'un homme, un certain Siméon Korloff, monté dès le matin dans un cargo israélien, soi-disant en panne, en descendait à l'heure prévue, alors que le bateau appareillait aussitôt. Il avait loué une chambre dans un autre hôtel deux ou trois jours auparavant. Je ne le connaissais pas, il ne m'avait jamais vu. Le reste ne me regardait plus. Nos vacances étaient finies et Angélique et moi partions à huit heures, le matin même. Je quittais le service définitivement.

— Le cargo israélien ?

— “Emaël Sharon”. Je m'en souviens comme si c'était ce soir. Tout ça était arrangé : fausse panne, fausse escale, faux douaniers. Les ordres tombaient de Paris. En ce qui me concerne, ils étaient extrêmement réduits. C'était l'affaire « Siméon ». On me demandait seulement de ne pas m'approcher du cargo avant la dernière nuit. Nous faisions ce genre de travail régulièrement. Personne ne me connaissait ici. J'avais un faux nom, de faux papiers.

Sarah découvrait une affaire qui lui rappelait ces vieux films noir et blanc qu'adoraient ses parents, où les espions, les barbouzes, les seconds couteaux se canardaient à tout va dans la casbah d'Alger ou sur les quai de Tanger.

— J'étais précis au rendez-vous. C'était facile. Angélique était dans notre studio du rez-de-chaussée où elle dormait profondément. J'avais une vue directe sur la fenêtre. En cas d'urgence, il me fallait dix secondes pour gagner la chambre. J'ai laissé une petite lampe allumée. "On" avait attendu que la municipalité organise un feu d'artifice sur la plage de Langoz afin que le port soit complètement désert. L'homme, Siméon, que j'attendais a descendu la passerelle. Elle a été aussitôt ramenée. Les machines étaient sous pression. Le temps de larguer les amarres et le cargo appareillait. Comme convenu, Korloff, un bagage à la main, a marché vers le quai ouest, en direction de la grue. Il ne savait pas que j'étais là. De là, il devait attendre que le cargo passe le phare des Perdrix, puis remonter à son hôtel. C'était l'affaire de quelques minutes. Ma mission était terminée. Je devais seulement rendre compte. C'est alors qu'une voiture, sans doute embusquée dans la rue du port, est arrivée pleins feux, à grande vitesse. Deux hommes en sont sortis. Ça n'a pas duré longtemps mais, là, j'ai tout compris. J'ai entendu les coups de poings et les coups de couteau. Ils ont lancé le corps à l'eau. J'avais ordre de ne jamais intervenir dans un cas pareil. Ils allaient partir. Je ne me suis pas montré. Mais j'ai entendu crier et j'ai vu arriver Angélique. Elle faisait une crise de somnambulisme et était passée par la fenêtre. Le bruit l'a réveillé, elle m'a appelé : « Papa, papa. J'ai peur. Papa, viens… » Elle s'est mise à pleurer. Les deux autres ont entendu. Ils ne savaient pas ce qui se passait, mais je n'avais pas l'intention de les laisser repartir. C'était le genre d'homme qui, dans ce type d'affaire, ne laisse jamais de témoin. J'ai bondi. Ils n'ont rien pu faire. Je les ai assommés, peut-être tués, je ne sais pas. Si c'était le cas, je n'ai aucun regret. Ils n'auraient pas hésité à se débarrasser de ma fille. Sans doute les a-t-on récupérés car personne n'en a jamais parlé. Vingt minutes plus tard, la petite et moi étions dans la voiture. Personne ne pourrait jamais plus nous retrouver.

Il soupira.

— C'était il y a près de quarante ans. J'avais oublié tout ça. Et quand Pauline, ma femme américaine, et les enfants ont voulu découvrir la France, nous sommes venus plusieurs fois dans le pays basque. Les filles sont allées à Paris, puis elles ont voulu voir la Bretagne. J'ai pensé à Loctudy. C'est aussi compliqué et aussi simple que ça...

— Et pour Angélique ? Que s'est-il passé après cette affaire ?

— Elle n'avait que de vagues souvenirs. Je lui ai dit qu'elle avait fait un cauchemar et qu'elle était un peu sujette au somnambulisme. Elle avait 6 ans à peine. C'était le 18 juillet 1967.

— Qu'avez-vous fait ensuite ?

— Je voulais d'abord mettre Angélique en sécurité. Ça n'a posé aucune difficulté. Mes amis du service étaient là. Une armée n'aurait pas pu l'approcher.

— Avez-vous entendu parler d'un incendie quelques jours plus tard ?

Il fronça les sourcils :

— Non. J'étais définitivement hors du coup. Mon objectif premier était de mettre la petite en sécurité. Je ne voulais plus entendre parler de tout ça. J'étais décidé à démissionner mais mon patron m'a demandé si je ne voulais pas partir aux USA et reprendre un peu de service, dans le calme et l'anonymat. « La petite y sera bien. Tu auras un travail très bien payé et une autre identité », m'a-t-il assuré. Je l'ai cru. J'ai eu raison. Et nous avons fait notre vie là-bas. Angélique a la double nationalité, française et américaine. Je me suis d'ailleurs remarié avec Pauline, une américaine. Elle est aujourd'hui chez Judy, notre autre fille, aux USA. Elles arrivent dans trois jours. Angélique ne se souvient absolument pas de notre séjour ici. Elle se rappelle seulement de vacances en Bretagne quand elle était enfant. C'est la première fois que je dis tout ça à quelqu'un. Et, si vous n'aviez pas été officier de police… et s'il n'y avait eu ce… Siméon… si longtemps après. C'est incomp…

Il n'eut pas le temps de finir sa phrase, Angélique arrivait. Elle était vive, dynamique, enjouée. Sarah lui tendit immédiatement la main.

— *Hello, Angélique. How are you ?*

— *I'm fine, thanks. But how can you know my name ?*

— *I'm Detective Constable Sarah Christmas.*

— *The police ? God ! What happened ?*
— *Nothing to worry about.*
— *But you're English, aren't you ?*
— *I'm both Breton and Welsh.*
— *I can't understand a word of it !*

Traduction :

— Bonjour Angélique. Comment allez-vous ?
— Très bien. Mais, comment me connaissez-vous ?
— Je suis le Lieutenant Sarah Christmas, de la police.
— La police ? Mon Dieu ! Que s'est-il passé ?
— Rien de grave, rassurez-vous.
— Mais, vous êtes anglaise ?
— Bretonne et galloise à la fois.
— Je n'en comprends pas un seul mot !

Le regard de Sarah croisa celui de Paul. Elle vérifiait simplement ses dires.

— *Voy a explicarselo todo.*
— *Pero, es que habla también español ?*
— *Como usted, Angélique.*
— *Pero entonces, por qué la policía ?*

Traduction :

— Je vais tout vous expliquer.
— Mais, vous parlez également l'espagnol ?
— Comme vous, Angélique.
— Mais alors, pourquoi la police ?

Sarah lui avait résumé la situation, sans rentrer dans les détails.

Angélique s'était d'abord sentie gênée, puis elle

avait éclaté de rire à l'évocation de la panique semée chez Jean-Gabriel.

— Je suis désolée, dit-elle. J'irai m'excuser auprès de lui. N'est-ce pas, papa ?

— Bien sûr.

— Vous me semblez en pleine forme, dit Sarah.

— Tout à fait en forme. Je ne me souvenais plus avoir eu ce problème depuis que j'étais petite.

— Non, avait dit son père. Jamais aux États-Unis.

— Ce doit être l'air de la mer en Bretagne. Je suis si bien ici.

Angélique avait donc une quarantaine d'années et portait avec charme ces beaux cheveux blonds qui avaient tant marqué Jean-Gabriel et Ferdinand.

— Je suis désolée d'avoir inquiété tant de monde.

— Angélique – Sarah l'avait immédiatement appelée par son prénom –, Siméon, cela vous dit quelque chose ?

— Bien sûr. J'ai oublié de t'en parler, papa, fit-elle. Un de tes vieux amis, Siméon, était en voyage et il a fait téléphoner pour lui. Il m'a dit que vous aviez sympathisé quand nous sommes venus tous les deux, après la mort de maman. Il a appris que tu étais rentré des USA et que nous nous installions à Loctudy. Il habite la région et voudrait te revoir.

Paul approuva, un sourire forcé aux lèvres.

— Oui, c'est vrai, nous avions sympathisé. Mais il y a si longtemps. Je me demande comment il se souvient encore de moi.

— La personne que j'ai eue m'a dit qu'il t'expliquerait. En tout cas, il a hâte de te revoir.

— Évidemment. Quand doit-il rappeler ?

— Je ne sais pas. Mais il doit rentrer bientôt.

— Était-ce un homme, une femme ?

— Difficile à dire. Il y avait des problèmes de ligne. Ça craquait beaucoup à cause de l'orage et nous avons dû raccrocher…

Sarah ressentit un grand frisson. Elle voyait aujourd'hui Angélique, souriante, heureuse. Elle imaginait le soir du drame, la voiture, les hommes, la petite fille en pleurs. « Ce n'était pas le genre d'homme à laisser un témoin, même un enfant », lui avait dit Paul, quelques minutes auparavant.

— Sarah, connaissez-vous cet ami de papa ?

— Non, je ne le connais pas encore, dit-elle, Mais j'espère que ça ne saurait tarder.

Sarah posa banalement quelques questions sur les USA, sur les éventuels amis d'Angélique.

— Je ne connais encore personne ici. Sauf Claudius, notre jardinier et la voisine que j'ai vue de loin, une fois ou deux. Je suis certaine de me plaire ici. Comme maman et Judy qui arrivent bientôt.

Sarah leva le camp. Comme Paul, elle non plus, n'avait pas l'esprit en paix.

— J'ai eu beaucoup de plaisir à vous rencontrer, Angélique. En vous attendant, nous avons parlé sport avec votre père. Alors nous aurons certainement l'occasion de nous revoir.

Paul la raccompagna jusqu'à la porte. Elle lui glissa sa carte.

— Appelez-moi dans une heure. Ne laissez jamais Angélique seule surtout ! Faites en sorte qu'elle ne quitte pas la maison aujourd'hui.

Paul avait le regard dur, les poings serrés.

— Sans problème. Comptez sur moi ! Dans l'heure qui vient, je vis dans la maison familiale, auprès d'Angélique.

— Je sais qu'elle est en parfaite sécurité avec vous. À tout à l'heure au téléphone…

VI

Verlène Leboi avait travaillé plus de trente ans pour la presse locale. Il devait son patronyme, inhabituel dans la région, à un grand-père canadien, débarqué en Europe avec les forces alliées en 1917. Ses origines lui avaient valu une partie de son adolescence et plusieurs séjours dans la Belle Province.

Verlène était une figure de la région, un de ces correspondants locaux qui font la gloire et la réputation des grands journaux. Autrefois professeur d'anglais, il avait préféré abandonner l'exercice éducatif pour se consacrer à l'investigation. « Je suis incapable d'enseigner », avait-il dit après une belle dizaine d'années passées derrière le pupitre. « Je suis trop nul. Il vaut mieux que j'abandonne plutôt que de gâcher des générations d'élèves. Stop. »

Alors, les circonstances aidant, il avait longuement pratiqué le journalisme de terrain, un métier difficile, souvent ingrat, et méconnu des lecteurs. Mais, derrière le mur des difficultés quotidiennes, des critiques, celui qui aimait cette vie y trouvait un véritable bonheur : celui du partage des émotions quotidiennes. Plongeant sans armure au cœur des drames de l'existence, le correspondant de presse risquait sa peau chaque jour. Un mot, une phrase pouvait le mettre à l'index. Et les rédactions recevaient régulièrement des plaintes de lecteurs mécontents : elles allaient de la paranoïa pure aux insultes, en passant par des plaintes diverses.

Verlène avait traversé l'épreuve avec succès durant des années. Célibataire, plus exactement veuf de longue date, retiré à Plomeur depuis sa retraite, il y vivait une existence campagnarde. Paysan de cœur et fermier dans l'âme, unique héritier, successeur d'un frère décédé dans un accident, il avait abandonné le journalisme pour reprendre l'exploitation familiale. « C'était ça ou la bougie. Le notaire et on vend tout. », disait-il, évoquant ce frère gentil mais incapable. « Il aimait trop "l'Algérie"… Quatre ou cinq litres par jour, ça vous cisaille n'importe quel bonhomme. » Verlène préférait d'ailleurs ne pas trop parler de ce frère trop porté sur le vin, qu'il aimait bien, qu'il avait protégé au mieux, mais sur lequel il n'avait jamais pu compter. Victime de son intempérance, ce frère malheureux, trop bon mais trop faible, était tombé du côté où il avait péché. Verlène en avait beaucoup souffert. Aucun d'entre eux n'ayant d'héritier, leur nom devait nécessairement s'éteindre. Mais il n'y pouvait rien. Lui non plus, n'avait pas su garder une femme. La première était morte et la seconde – non officielle – n'était restée qu'un mois. Elle aimait les sous et les dépenses. Verlène n'aimait pas ça. Il ne la chassa pas, mais elle partit, contrariée de voir que l'argent se reproduit mal dans les bas de laine. Elle trouva un petit exploitant en bois de menuiserie, qui lui parlait plus souvent de chêne, de châtaignier et d'iroko, que d'amour. Elle le trouva un matin, raide, étendu sur le lit. Ça tombait bien : il fabriquait aussi des cercueils.

Verlène avait courageusement repris l'exploitation familiale, investissant dans une petite production artisanale de légumes. La banque lui avait sans doute prêté de l'argent. Il avait pu remettre de l'ordre dans les affaires et employer un peu de personnel saisonnier. « Je fais du naturel. Des produits du marché, comme les faisaient les vieux. Avec de la terre, des graines, de l'eau, du soleil et du goémon. », martelait-il devant son étal du marché de Pont-l'Abbé où il affichait ses prix en breton et en euros. Le plus souvent vêtu d'un "bleu de chauffe", Verlène portait en lui les vertus de son terroir : la force et le naturel.

Dédaignant les façons des cours et des salons, qui ne l'invitaient guère à leurs réceptions, il était seulement sensible à la vie normale et à la bonne chère. Celle-ci s'était d'ailleurs, en quelque sorte, emparée de sa personne. Massif, solide, bon vivant, Verlène ne dédaignait jamais de clamer la vieille maxime « Bois, chante et ris, tu ne vis qu'une fois. » Provocateur, sinon grossier s'il le fallait pour agacer férocement à sa façon les oies blanches, le "blanc-bleu" à col Claudine, et les amateurs de "ronds de jambes", il leur “volait dans les plumes” à la première occasion. Cela lui avait d’ailleurs valu, du temps de la presse, quelques affrontements musclés avec des “nazillons de comptoir” et des extrémistes de tout poil.

Verlène avait le teint plus rubicond que rose, et de petits yeux bleus d’enfant sous des sourcils en épis de maïs. Sa casquette à carreaux remontée sur un front barré d’une ride entre peau tendre et cuir boucané, était celle d’un vrai paysan. Il professait l’amour de la terre comme celui d’une femme : celui d’une dépendance totale, à la vie, à la mort, pour le meilleur et pour le pire. Son ventre épanoui d’amateur d’andouille, de lard et de *choten**, admettait avec une certaine complicité les plaisirs de la table et leurs à-côtés inévitables. Il se désintéressait de la plupart des inventions médicales récentes, telles le cholestérol, les lipides et les différents milligrammes de dosages électroniques dont abusaient si souvent la plus grande partie de ses relations. Il se fichait des glucides, se riait des transaminases et tenait les analyses médicales les plus fines pour de la science expérimentale.

— Plus on inventera d’appareils, plus il y aura de malades, affirmait-il avec cette autorité et ce bon sens qui ont, de tout temps, fait la gloire des comices agricoles, des cafés du commerce… et les entrées, hélas fracassantes, aux urgences hospitalières.

**Choten* : en breton, « joue », demi-tête de cochon traditionnellement rôtie à la période des Gras. Se consomme avec du pain et du beurre et un verre de vin (18 cl, pas plus), en toute modération.

Sa dernière visite médicale remontant au début de la dernière décennie du siècle passé, Verlène ignorait son poids, à vingt kilos près.

— La bascule c'est pour les cochons, prétendait-il. Un pied sur la bête, un autre sur le plateau. Et toujours un c… qui paye.

Il tenait, à vrai dire, plus de l'hippopotame que de la danseuse étoile. Ce qui le laissait, lui qui n'avait aucune attirance pour l'opéra, totalement indifférent.

Il était environ dix heures du matin quand Sarah arriva à la ferme. Il faisait beau. Vêtu d'un bleu de travail et d'une paire de bottes, assis devant une table de jardin, Verlène mangeait. Il mâchait lentement, avec application, sans se soucier de savoir si la terre continuait de tourner ou non. Seules, semblaient compter pour lui la seconde écoulée et celle à venir, celles qui découpaient le temps en tranches fines. Sarah retrouva instantanément chez lui tout ce qui faisait cette grande force paysanne, celle de sa famille bretonne et galloise. On n'inventait pas les gestes, les comportements, pour le temps d'une conversation. Les mots, les silences étaient des instants précieux de la vie.

— C'est mon deuxième petit-déjeuner, avait-il dit. Sept heures de boulot avant le repas de midi, ça creuse.

Taillé en lutteur de foire, "personnage", Verlène était un homme qui avait du poids et de la présence.

Sarah l'avait questionné sur l'affaire du cargo.

— Ah ! Ça a fait un sacré bruit, dit-il à Sarah, lui proposant un "p'tit coup de blanc" qu'elle refusa. À l'époque, j'ai pas mal bossé sur le sujet.

— C'est-à-dire ?

— Vous savez, un truc comme ça pour un correspondant local de presse, c'est l'affaire du siècle. J'avais la possibilité d'être tous les jours sur place. Les radios m'appelaient. Et je travaillais aussi pour d'autres journaux.

Verlène relata à Sarah les différentes phases de l'événement.

— Je peux vous dire que ce n'était pas un accident. J'ai vu le type. On ne l'avait pas raté ! Alors, comme je connaissais tout le monde, j'ai fait mon boulot. Quant au Siméon en question...

S'il avait fait les grands titres, Korloff n'en était pas moins demeuré un inconnu.

— Je n'ai jamais rien trouvé, avait assuré Verlène. On a parlé de services secrets israéliens, de règlements de comptes d'après-guerre, de trafics. Et tout ça a fini en eau de boudin. Affaire classée. Ce gars n'existait pas. Pas plus que les coupables. Et on a fini par tout oublier.

VII

Vêtus de combinaisons de néoprène, Sarah et Arthur avaient embarqué au port de plaisance dans le hors-bord pneumatique des pompiers. Ceux-ci les avaient conduits au plus près de l'île du Chupen. L'embarcation traînait derrière elle deux petits kayaks à fond très plat qui, seuls, devaient permettre d'aborder l'île, inaccessible à pieds.

Contournant l'Île Garo, le hors-bord avait descendu la rivière. Le coefficient de marée était moyen. Le mystérieux menhir de Pen Laouic, enchâssé dans la vasière face aux bois de pins, rappelait que la mer, au fil des millénaires, avait rongé ses propres rives.

Un vol d'aigrettes garzettes s'attabla au pied du menhir. À coups de becs précis, les oiseaux fouillèrent la vase, jetant la panique dans des colonies de vers et d'animalcules.

À un endroit précis, au fond de l'anse, le pneumatique quitta le chenal. Celui-ci se rétrécissait alors à la manière d'un entonnoir. De son goulot partaient de fines rigoles où devaient s'engager les kayaks.

— Ça va coller, dit Sarah. Arthur, si tu avais suivi mes conseils, tu aurais perdu du poids…

Il grommela :

— C'est mon poids de forme.

Bien que solide et de taille moyenne – elle était la même que celle de Sarah – le vêtement élastique et ajusté le déguisait en boule de néoprène à moustache. Mais il connaissait son travail et ce n'était pas la première fois qu'il allait sur, dans, ou sous l'eau. Le saut en parachute était la seule passion qu'il refusait de partager avec Sarah.

Ils embarquèrent aisément dans les kayaks. Chacun d'eux contenait le matériel de sécurité en mer, des VHF étanches, des chaussures de marche, des gourdes d'eau…

— Nous restons dans le coin sur VHF, dirent les pompiers, alors qu'ils donnaient déjà leurs premiers coups de pagaie.

Ils avaient choisi un type de pagaie double très courte, permettant, le cas échéant, de prendre appui sur la vase. Certains nœuds des petits chenaux étaient si serrés, que les embarcations semblaient devoir y rester bloquées. Malgré la minceur et la souplesse du néoprène, Sarah et Arthur avaient très chaud dans leur vêtement. Il leur fallu un temps infini pour arriver enfin à hauteur de l'île. Ils durent naviguer ensuite sur des rubans d'eau d'à peine dix centimètres de profondeur où les fonds des kayaks raclaient souvent la vase.

L'îlot était enfin face à eux. Une ancienne cale de lancement dévorée de bourbouille grise et verte se perdait dans un tas de vase et de saletés. Il n'y avait ni voie, ni chemin, dans ces prairies mouvantes. La vase s'étendait sur plusieurs mètres de hauteur. Sous leur masse d'apparente immobilité, les vasières, ces estomacs putrides, capables d'ingérer des milliers de tonnes de déchets, n'étaient pas aussi inertes qu'elles y paraissaient. Elles respiraient parfois, à l'issue de digestions innommables. Mais elles demandaient plusieurs années pour assimiler leurs conquêtes, enfouies dans un horrible magma. Les machines de l'écorce terrestre mettaient des mois et des années à broyer les coquilles vides de myes, d'huîtres sauvages, de moules, couchées en strates en décomposition. Quelques bulles crevaient parfois à la surface de ces sables noirs, reliefs d'un repas gargantuesque entamé dans les profondeurs magmatiques et insondables des bancs de vase. Une succession d'éclatements en bulles de savon annonçait la fin d'un cycle. La mécanique tournait sur elle-même, recommençant son interminable mouvement.

Le phosphore remontait parfois, s'enflammant au contact de l'air. La nuit, les feux follets couraient alors souvent sur la vase, ultimes respirations, disait-on, des morts en marche dans le charroi infernal. On en voyait naître et naître encore, se dirigeant instinctivement vers le même sillon. Les bords de la rivière se transformaient alors en longues processions au flambeau, dont nul n'avait jamais vu les porteurs.

De l'ancien pont de bois du Chupen il restait des

membrures squelettiques rongées de chancres épais et de furoncles verdâtres. Les roseaux eux-mêmes avaient renoncé à pousser sur ce bourbier rampant, ce monstre putride qui gagnait chaque année un peu plus de terrain. Une fausse mangrove s'effilochait en guirlandes sales dont les nœuds, disait-on, abritaient des tribus de rats. Les centaines de milliers de tonnes de vase semblaient installées là jusqu'à la fin des temps. Il eut fallu d'immenses machineries travaillant des années, pour extraire ces énormes dépôts de sédiments dont on ne savait ensuite que faire.

Ils parvinrent à approcher de la mangrove, qui n'était qu'un écheveau de racines sales poussant sur la vase.

— Pas terrible, la vue ! marmonna Arthur.

Ils sautèrent sur un enchevêtrement de branches pourries et traînèrent, du mieux qu'ils purent, les kayaks au sec. Enfin, ils s'équipèrent d'un sac à dos très plat et ceinturèrent leur arme de service à la taille. Alors commença le long chemin dans un fouillis d'arbres et de végétation. Des troncs déracinés par l'ouragan d'octobre 1987 s'étaient écroulés les uns sur les autres. Mais le fracas végétal avait donné vie à de nouveaux arbrisseaux, aujourd'hui devenus adultes. De hautes fougères, dont les spores avaient sans doute été transportées par le vent, s'étaient acclimatées dans le sol. Il eut fallu un coupe-coupe pour s'y frayer un passage. Comme dans le mur de bambous aux feuilles zézayantes sous le vent. Sarah et Arthur durent faire un très long détour pour ne pas se perdre dans ce désordre aux allures de jungle. De nombreux oiseaux s'envolèrent, importunés par leur passage. Un couple de hérons cendrés lança son « crac, crac, crac » caractéristique. Des aigrettes garzettes tournoyèrent longtemps, examinant ces intrus piétinant leur domaine.

Après une demi-heure de marche difficile, ils parvinrent enfin au cœur de l'île. Le paysage et le décor étaient étonnants. Si la végétation y avait également poussé, une large surface, encombrée de matériel tordu, de moteurs, de chevalets d'acier, rappelait une immense "casse" abandonnée à son sort. Des cuves éventrées d'huile et de coaltar s'étaient répandues sur le sol, le couvrant d'un bitume tenace. Les longues plaques noires, parfois percées de touffes de végétation, faisaient songer à ces vieux aérodromes oubliés dans les déserts. Des cabanes de tôle s'étaient écroulées. Les dépouilles gangrenées de chaînes aux maillons indestructibles pendaient d'une grue autrefois capable de soulever plusieurs dizaines de tonnes. Mastodonte à l'allure d'hippocampe mécanique, l'assemblage d'acier et de fonte semblait naître d'un accouchement engagé pour l'éternité. L'incendie accidentel du 20 juillet 1967, ravageant l'îlot, avait tout dévasté.

— Tu parles d'un truc ! avait dit Arthur en faisant la moue. Le feu dans une affaire comme celle-là, ça ne fait pas un pli.

L'unique accès étant le pont de bois, il avait rapidement brûlé. La mer étant basse, il était impossible d'envoyer des bateaux de secours. D'ailleurs, il n'y en avait guère ici, à cette époque, de suffisamment puissants. Alors on avait laissé faire les choses, sans pouvoir faire autrement. Fort heureusement, il n'y avait pas eu de victime.

Le sinistre du 20 juillet 1967 avait duré un jour et une nuit, avant de s'éteindre sous un violent orage. Plusieurs explosions avaient eu lieu, celles des bonbonnes de gaz, des réserves d'essence et de quelques stocks de mazout. Six mois plus tard, la végétation recouvrait déjà le tapis de cendres et les carcasses abandonnées. Des mois durant, la végétation de la vasière avait formé une grosse croûte brune. Puis la vase en digestion y avait ouvert des cloques. Il ne restait du chantier que des souvenirs et des inscriptions anciennes dans les registres. Les propriétaires s'étaient, depuis de nombreuses années déjà, occupés d'autres affaires. La société propriétaire des lieux ayant son siège au Luxembourg, déléguait rarement ses représentants sur place.

Les restes carbonisés de coques délabrées achevaient de pourrir. Deux chalutiers d'acier qui n'avaient jamais été lancés, étaient couchés sur leur flanc blessé, troués par la rouille, derniers témoins d'un rêve déçu. Leurs bers de bois avaient immédiatement été dévorés par les flammes et leur échafaudage s'était effondré dans un feu d'artifice. Les cartons de baguettes à souder avaient explosé comme autant de grenades étincelantes. Une fusion multicolore avait jailli dans le ciel, éclairant violemment les tourbillons de fumée noire. Des jours durant, des odeurs de caoutchouc brûlé s'étaient répandues à plusieurs kilomètres à la ronde.

Suite à l'incendie, les autorités s'étaient un peu inquiétées de cette bombe posée au milieu de l'anse. Quelques interventions politiques avaient rapidement fait enterrer le dossier. Bah ! La planète vivait bien sur des milliards de kilotonnes d'explosifs, pour qu'on ne fasse pas un monde de quelques citernes d'essence qui, de toute façon, avaient explosé. Trois discours et deux traits de plume mirent fin aux contestations. Celles-ci devaient d'ailleurs cesser d'elles-mêmes, la vase conquérant chaque mois avec plus de gourmandise encore, les derniers méandres du site. Que restait-il donc à plaider pour un chantier définitivement fermé ? Rien.

*

*   *

Bien que le manoir fut depuis longtemps une ruine de pierres calcinées, son implantation devait être fameuse du temps de sa splendeur. L'unique cliché retrouvé par Donatien montrait une haute demeure à l'architecture ouvragée, caractéristique de l'époque. Le grand escalier évasé, à la rampe tournée, s'ornait de plusieurs statuettes de style rococo. Un porche en anse de panier protégeait une porte à triple battant. Il ne restait plus grand-chose des éléments figurant sur la photo mais, avec un peu d'imagination, on retrouvait ces lignes riches et élégantes qu'aimaient les grands propriétaires.

— Ce devait être une belle boutique ! apprécia Arthur. Il ne manquait pas d'argent, l'ami Ignace.

— Ni pour ça, ni pour le reste.

Ils avaient gravi des tronçons de marches disjoints. Le perron s'était écroulé, emportant avec lui la plus grande partie de la balustrade. Une colonne de cheminée, frappée par la foudre ou victime du temps, pourrissait sous une vilaine fracture ouverte. Les nuits de tempête, le vent devait hurler à la mort dans les gueules béantes des ouvertures en ruine.

Et pourtant, que cette maison avait dû être belle !

Sarah imagina le grand jardin descendant vers la mer, des haies de buis tirées au cordeau, l'allée menant au ponton. Elle voulut parcourir ces ruines comme on découvre un autre monde. Les flammes, ici, avaient arrêté le temps, quatre décennies auparavant. La nature s'était réapproprié son bien, sans se soucier des sentiments des hommes.

— Je descends faire le tour par ce côté. On se retrouve derrière ?

— Ce n'est pas prudent, Sarah.

— Arthur… enfin, crois-tu que je prendrais un risque ?

— Non, mais…

— Mais quoi ?

— Mais rien. Vas-y donc, tête de mule ! Appelle si tu as un probl…

Sa phrase resta en suspens. Avec la souplesse d'un lutin, Sarah avait déjà bondi du rebord de la terrasse. Elle ne laissait derrière elle qu'un bruissement de feuillage.

— Ce n'est pas la peine que je m'égosille, elle est déjà partie. Mon vieil Arthur, nous allons jouer les explorateurs de l'Amazone. Stanley et Livingstone, à côté de Sarah Christmas et d'Arthur Blanchard, c'était de la rigolade. *Hello, I'm Blanchard. Are you really Livingstone ?*

*

* *

L'incendie, l'abandon, l'air marin, les tempêtes, le vent, s'étaient chargés de rendre l'îlot inhabitable. Il ne restait rien des splendeurs passées. L'habitation romantique, le parc et ses accès étaient dévorés par la broussaille. Deux troncs de cyprès monumentaux avaient fait exploser le revêtement de brique d'une terrasse. De minuscules racines s'étaient lentement transformées en énormes tentacules noueux, indestructibles. Leur puissance considérable avait fait éclater des masses fantastiques de pierre et de ciment. Elles étaient parvenues à forcer la dalle d'une citerne, la transformant en coupole de béton. « Il n'y avait pas d'eau sur l'île. De Brassin avait fait construire plusieurs réservoirs », avait dit Donatien.

Sarah venait d'en retrouver un. Elle fut surprise par l'épaisseur du ciment et l'importance du ferraillage. Les nœuds d'un gros treillis d'acier avaient éclaté sous l'énorme pression végétale. S'aidant d'une forte branche morte, Sarah écarta des débris de terre et de racines. Ils s'écroulèrent et tombèrent au fond de la citerne. Les excroissances végétales avaient découpé la dalle de ciment comme à l'emporte-pièce. Elles avaient étiré l'acier des ronds à béton jusqu'à l'extrême limite de leur résistance.

— Ça n'a pas 100 ans cette citerne. On en a construit une partie depuis !

Sarah se pencha sur l'ouverture. Ses yeux mirent plusieurs secondes à s'habituer à l'obscurité de la cuve. Des rais de lumière filtraient ça et là. Sarah ferma longuement les yeux afin de s'accoutumer à la pénombre. Sous elle, à deux mètres environ, s'amoncelait un tas de gravats et de caillasse.

— Je pourrai toujours remonter si ça ne va pas, pensa-t-elle.

Elle s'accrocha au ferraillage et se laissa glisser dans le réservoir. Elle dégrafa son sac, l'accrocha à ses pieds. L'ouverture était à peine assez large pour ses épaules et sa taille.

— J'espère qu'Arthur n'aura pas à venir me chercher. Il ne pourra jamais passer là-dedans.

Malgré l'angoisse qui la tenaillait, elle sourit en pensant au tour de taille d'Arthur qui, affirmait-il, s'était mis au régime crétois.

— Oh ! J'espère que tu n'es pas très loin, Arthur, murmura Sarah. J'ai un peu la trouille.

Elle se demanda si la VHF fonctionnait sous terre.

— On verra ça tout à l'heure, s'il le faut.

Elle regarda vers le haut. Du tas de gravats elle devait pouvoir, assez facilement, sauter jusqu'aux premières racines.

— J'espère qu'elles sont assez solides. Allez, on y va.

Ce ventre de terre et de saletés sentait la pourriture et la décomposition végétale. Il ne dégageait pourtant pas d'odeurs méphitiques comme celles des caveaux ou des souterrains, confinés dans l'oubli.

— Il doit y avoir un peu d'air.

Sarah comprit que les eaux de ravinement créaient des siphons tortueux, où circulait l'oxygène. Une multitude de canalisations s'ouvraient et se fermaient au gré du temps. Si un tas de feuilles décomposées s'écroulait un jour, une fenêtre s'ouvrait sur la lumière, le temps de quelques rayons venus du système solaire. Explorateurs arpentant des millions d'années-lumière, ils se prenaient au piège d'une obscurité aussi étrange que la Préhistoire. Des milliards de photons lumineux, ces particules insaisissables, sans vie ni cervelle, roulaient en flots torrentueux, ininterrompus, sous la pourriture terrestre. Ils léchaient les déchets, se parfumaient des feuilles en décompo sition, lapaient leurs moisissures. La vie sous terre était un monde à la vie à la fois inerte et barbare.

Sarah leva une dernière fois les yeux. La lucarne de terre qu'elle avait débouchée laissait passer une lumière terne. Celle d'une cellule de condamné. Rien ni personne ne pouvait vivre dans un tel environnement. Sarah alluma la lampe de poche contenue dans son sac.

— Bon sang ! C'est fantastique !

Très puissante, la lampe dévoilait des dimensions que Sarah n'aurait pas soupçonnées.

— C'est bien ça. On a reconstruit.

Elle fit prudemment quelques pas. De longues stalactites végétales pendaient du plafond. La moisissure dégageait une odeur infecte. Des masses noirâtres pansues, des champignons des ténèbres sans doute, expulsaient leurs formes monstrueuses à travers les parois éclatées que la terre avait lentement colmatées. Les chaussures de Sarah s'enfonçaient dans le cloaque. Elle pensa qu'il valait mieux rebrousser chemin. Elle ne fit quelques nouveaux pas qu'avec une lenteur extrême. Les battements de son cœur et sa respiration s'accéléraient. Comme la plupart des gens, elle était sensible à la claustrophobie. Quelques années auparavant, elle était rentrée malade d'un stage de spéléologie. Elle n'avait pas pu supporter ce confinement fantastique qui transformait l'homme en animal fouisseur. Malgré sa grande admiration pour les spéléos professionnels de l'encadrement, elle avait préféré arrêter. Quelles que soient les circonstances, le poids de la terre au-dessus de la tête est effrayant.

L'atmosphère était gluante, sale, imprégnée d'une profonde odeur de pourriture. La main de Sarah frôla la VHF, se demandant une fois encore si elle pouvait fonctionner à cet endroit. « Arthur n'est pas loin », se rassura-t-elle. Malgré l'angoisse oppressante, Sarah bénéficiait aujourd'hui de ces heures d'entraînement où se forgeait un mental résistant.

L'angoisse, la claustrophobie, l'oppressaient pourtant et elle devait faire appel à toute sa volonté pour ne pas rebrousser chemin. Les mots "sécurité, sécurité" lui martelaient l'esprit.

Elle parcourut encore quelques mètres. La boue était omniprésente et les chaussures s'en arrachaient dans un horrible bruit de succion. « On descend » se dit-elle, s'apercevant qu'elle se trouvait désormais sur un léger plan incliné surgi des entrailles de la citerne. La lampe éclairait le même décor sinistre. Elle s'accrocha soudain à des formes étranges émergeant de l'ombre, dont les masses rappelaient celles de gros troncs d'arbres.

— Des camions ? s'interrogea Sarah.

Elle poursuivit sa progression avec d'énormes précautions. La boue atteignait déjà le haut de ses mollets. Ses semelles dérapaient dangereusement sur le plan incliné.

— Je ne me vois pas barboter là-dedans, se dit-elle.

La lampe éclairait une étendue d'eau fangeuse. Le faisceau se fixa une nouvelle fois sur les formes surgies de l'ombre. Sarah ne pouvait pas se tromper. Dans ce décor infâme, aux odeurs écœurantes de décomposition, deux longues étraves noires de crasse, couvertes d'algues et dévorées de bourbouille, pointaient vers elle leurs longs nez de chiens de chasse.

— Pas des camions, des bateaux ! s'exclama Sarah. Des bateaux rapides ! Des vedettes ! Que font-elles là-dessous depuis si longtemps ?

Ses pensées s'interrompirent en un instant. Une frayeur intense s'empara d'elle. Elle éteignit immédiatement la lampe. Quelqu'un respirait tout près d'un souffle court, haletant et rapide ! Ce fut alors qu'elle entendit un premier pas près d'elle. On marchait à ses côtés. Dans l'obscurité totale, elle tenta de calmer sa respiration qui s'accélérait. Une poussée d'adrénaline lui crispa les muscles des mâchoires. Elle sentit se contracter son visage et, malgré le noir absolu, savait qu'elle était blême. Sarah entendit distinctement des pas de l'autre côté du souterrain.

Elle crut défaillir quand une voix dans son oreille hurla :

— Sarah ? Sarah ? Réponds-moi, Sarah !

Elle était tétanisée par la peur. Il lui fallut plusieurs secondes pour comprendre que cette voix déformée, étouffée par la terre, était celle d'Arthur qui l'appelait. Elle ralluma la lampe et éclaira le mur.

L'appel d'Arthur passait par les restes d'un gros conduit de ventilation. La citerne servait de caisse de résonance à ce formidable cornet acoustique.

— Arthur, m'entends-tu ?

Le son de sa propre voix effraya Sarah. Elle avait la sensation désagréable que les mots n'avaient aucun sens dans ce monde de pourriture extrême.

— Arthur ?

— Sarah, où es-tu ? Je te reçois deux sur cinq.

— Regarde près de toi si tu vois un gros tuyau, ou du moins ce qu'il en reste. C'est une ancienne ventilation.

— Eh ! Tu ne vas pas me dire que tu es là-dessous ?

— Si, mais pas très loin. Regarde bien si tu vois le tuyau.

Sarah patienta quelques secondes.

— Allô, allô, Sarah, tu me reçois ?

— Très bien.

— J'ai un truc. Une gaine de béton d'un mètre de haut avec un chapeau de protection. C'est couvert de feuilles.

— Bien. Je suis juste à l'autre extrémité. Attends-moi, je remonte.

— OK. Ne prends surtout aucun risque.

Sarah le dirigea vers l'anfractuosité où elle s'était glissée. C'est avec un grand soupir de soulagement qu'elle attrapa la corde de sécurité que lui lançait Arthur.

*

*   *

Deux vedettes rapides de 50 pieds, en fin d'achèvement si on en croyait l'état, étaient déjà accrochées aux treuils qui devaient les tirer hors de la fosse. Le procédé du plan incliné était ingénieux. La bouche d'acier posée à 45° était une double porte que camouflait un grand bâtiment de forge. Un système de palans devait permettre de remonter les bateaux sur une simple glissière graissée au suif. La pente naturelle de l'îlot et la végétation favorisaient une mise à l'eau discrète.

L'incendie avait donc mis un terme à un chantier secret. Un mystère de plus.

*

*   *

Plus tard, Sarah avait retrouvé un des deux seuls ouvriers de la région à avoir travaillé sur le chantier de l'îlot.

— Le gars qui nous embauchait, avait retapé une partie de la maison. Ils étaient sept ou huit à y vivre. Je crois que le patron était libanais, s'était-il souvenu. Parmi ses gars il y avait des Indiens, deux au moins, et les autres, je ne sais plus. On n'avait pas beaucoup l'occasion de se parler. Les deux hommes travaillaient dans un atelier réservé à leur spécialité. Il leur fallait deux spécialistes de la soudure inox. Nous étions très bien payés, mais silence absolu à l'extérieur. On n'avait pas le droit d'aller partout sur le chantier. Les plans étaient en anglais. On nous donnait les directives en français, juste notre partie. Pour le reste, je ne sais pas.

— Que s'est-il passé après l'incendie ?

— Ils ont fermé la boutique. Mon collègue et moi avons été payés. Tout le monde est parti et ça a été laissé à l'abandon. Je ne sais ce qu'est devenu mon collègue.

VIII

Sarah et Arthur étaient entrés à “La Baleine Rousse”, un bar du port où les navigateurs aventuriers Slocum et Blackburn auraient pu amarrer leurs étraves quelques décennies auparavant.

C’était un soir de fête. Un trio de guitares celtiques installé au fond du bar jouait *Ballade irlandaise pour une princesse africaine*, une mélodie de la fin du XIXe siècle composée par un voyageur irlandais tombé amoureux d’une jeune Sénégalaise.

Tous deux avaient quitté le Grand Continent pour l’Irlande où ils avaient longtemps vécu. Très âgés, leur vie terrestre achevée, sentant venir la mort, ils étaient retournés finir leur existence sur la côte ouest-africaine.

Les musiciens, à leur tour, avaient insufflé leur jeunesse à la mélodie immortelle. Les âmes de la princesse africaine et de l’Irlandais revisitaient ce lieu alors que les sons de la Stratocaster* saturait l’air. Le guitariste faisait preuve d’une vélocité fantastique.

---

*Célèbre guitare électrique.

Quelques rares regards curieux se tournèrent vers Sarah et Arthur. Assis aux tables ou accoudés au long comptoir, les clients étaient là pour l'ambiance et la musique. Pourtant, à l'autre bout du bar un homme, un verre de bière à la main, parlait à voix trop haute.

— Arrête, Mathieu ! rouspéta un de ses voisins. Tu as trop bu. On n'entend plus que toi. Je préfère la musique…

L'homme se mit à rire bruyamment.

— Musique, musique, s'esclaffa-t-il. Je te…

C'est à ce moment qu'il aperçut Sarah et Arthur à l'entrée.

Il ouvrit des yeux de poulpe et éclata de rire.

— Ah, ah, ah ! Les flics sont de sortie ! Elle est venue jusqu'ici ! Voilà qu'ils prennent des gonzesses dans les flics maintenant ! Eh, les flics… on fait la fête ?

Il esquissa une danse grotesque. Sa voix forte et puissante couvrait la musique.

Le patron le saisit par la manche au-dessus du comptoir.

— Ça suffit. Maintenant tu payes et tu pars !

— D'accord. Alors je paye et… je ne pars pas, bafouilla-t-il, se dégageant aisément.

Quelques clients s'écartèrent. Les choses allaient se gâter.

— Tu crois que je ne peux pas… te payer ? Attends !

Il plongea la main dans une poche et posa plusieurs gros billets sur le comptoir.

— Alors, ça ira ? Tu... en veux encore ?

Il balançait son corps comme un ours qui va mordre. Tout le monde savait que le déchaînement d'un homme comme lui pouvait avoir des conséquences catastrophiques.

— On ne l'a jamais vu comme ça, murmura quelqu'un.

Le patron lui rendit l'argent.

— Je ne sais pas d'où ça vient. Alors, tu le ramasses et tu t'en vas. On revoit ça demain, la maison te fait crédit.

Les yeux de l'homme se chargèrent d'une grande violence. Ses épaisses paupières s'étaient abaissées sur un regard malsain. Il jeta l'argent derrière le comptoir et saisit le patron par le col, l'attirant violemment vers lui. Le barman se précipita.

— Il va se calmer, dit le patron. Laissez tomber, ça va s'arranger.

— S'arranger, tu dis ? cracha l'homme. S'arranger comment ? Avec les flics ?

Il abandonna sa prise et s'ébroua en riant grossièrement.

— Des gonzesses chez les flics... dit-il. On aura tout vu ici !

C'était un gaillard assez imposant, de taille supérieure à la moyenne. Il avait les mains larges, la barbe négligée et un regard provocateur.

Quelqu'un tenta une nouvelle fois de le calmer.

— Il vaut mieux que tu partes, Mathieu. Ça ira mieux demain.

Il le repoussa brutalement le long du comptoir, faisant tomber plusieurs verres.

— Dégage ! cria-t-il, excité.

Les musiciens avaient cessé de jouer.

— Des gonzesses, répéta-t-il. Ah, les flics, c'est pas terrible ! Eh, la gonzesse, je n'aime pas les flics !

Un silence de banquise s'installa durant quelques secondes.

Arthur s'était déjà avancé, les poings serrés. Sarah savait qu'il allait exploser comme une bombe.

— Laisse, lui dit-elle. Je m'en charge.

Elle se dirigea calmement vers l'homme. Il avança de quelques pas et vint se planter devant Sarah, un sourire méprisant aux lèvres. Il la dépassait de plus d'une tête.

— Vous venez de dire quelque chose qui m'a fortement déplu, dit Sarah. Pouvez-vous répéter ?

— Ah, ah ! J'ai dit que je n'aime pas les flics.

— C'est votre droit le plus strict. Cela ne vous autorise pas à m'insulter.

— Quoi ? Les flics ? Vous n'êtes pas flic ?

— Non. Je suis lieutenant de police et Officier de Police Judiciaire.

— Et alors ? C'est pas flic… un truc… de judiciaire… de police…

— Si vous y tenez. Pourquoi m'insultez-vous ?

— Ah ! J'ai dit qu'ils prenaient des gonzesses chez les flics. C'est ça ? Et ça ne vous a pas plu ? Vous n'êtes pas une gonzesse ?

Il s'approcha lourdement de Sarah.

— Ouais, une gonzesse. C'est ce que j'ai dit, insista-t-il, se penchant vers le visage de la jeune femme.

— Vous empestez l'alcool, grimaça Sarah.

— Et alors ? Une gonzesse, ça ne boit pas d'alcool ? C'est juste bon à te donner des claques et des coups de griffes, une gonzesse. Tu ne crois pas ?

Le regard de Sarah passa à la couleur orage. Ses yeux verts se teintèrent de gris et ses paupières se plissèrent légèrement.

— Je vous interdis de me tutoyer.

— Ah ouais ! Et qu'est... ce que tu penses faire pour... m'en empêcher ? bafouilla-t-il.

— D'abord, ça.

La main droite de Sarah saisit l'homme sous le menton. Ses doigts appuyèrent fortement sur la carotide. Elle le poussa comme une chiffe. Surpris par la rapidité de l'action, déséquilibré, l'homme recula maladroitement jusqu'au comptoir.

Des rires fusèrent. Vexé, furieux, agressif, il se redressa, menaçant.

— Espèce de... petite c... !

Il ne vit pas arriver le coup de pied qui lui claqua sèchement sur le visage. En une fraction de seconde, la jambe droite de Sarah était passée au-dessus de son épaule, le dessus de son pied lui frappant fortement la joue, un “*mawashi-geri*”*. Cette merveille de technique le sonna comme une énorme gifle alors que Sarah doublait immédiatement au même endroit. Le marin vacilla. Il ne vit pas non plus venir la nouvelle série de deux coups que Sarah lui portait de la jambe gauche sur l’autre joue. Le dessus des chaussures de sport avait laissé des marques rouges.

Sarah avait déjà reculé de deux mètres et se tenait en garde. Elle parla d’une voix très calme :

— Si les gonzesses, comme vous dites avec tant de mépris, donnent des gifles, voilà les miennes. J’en ai un certain nombre à votre disposition. Quand vous voulez…

Très tendu depuis le début, Arthur s’était rapproché. Il était debout près de Sarah, les poings serrés. Mais le patron du bar et les consommateurs avaient pris en charge l’homme vacillant. Ils le firent sortir de l’établissement. Sarah n’ignorait pas que, le déséquilibre des forces et des poids aidant, elle n’aurait pas eu forcément l’avantage. Alors, en cas de risque réel, il aurait fallu frapper où les coups faisaient vraiment mal, comme casser un genou d’un yoko-geri*. Une action très puissante et dévastatrice. Elle n’en était pas là.

---

* “*Mawashi-geri*”, un coup de pied fouetté, extrêmement spectaculaire quand il est porté très haut – également en boxe française ou en savate. Ce mouvement exige une grande souplesse et des années de travail pour être exécuté à la perfection.

**Coup de pied chassé sur le côté.

— J'allais me fâcher, dit Arthur.

Derrière ses allures bonhommes, il était solide comme un bûcheron.

*

*   *

Le jour suivant, en fin d'après-midi, Sarah était revenu à Loctudy. Elle avait revu Angélique et son père. Tout semblait aller pour le mieux.

Flora, piquée par la curiosité, avait enfin fini par les rencontrer. Sarah leur avait parlé d'elle et de son frère. Flora n'avait pas manqué d'évoquer des cas de somnambulisme célèbres. Puis Angélique avait tenu à rencontrer Jean-Gabriel. Paul l'avait accompagné dans sa visite.

Le marin butait quelques rangs de pommes de terre dans son jardin quand il les vit arriver. Ils se tenaient derrière la barrière. Angélique lui fit un petit signe de la main.

— Pouvons-nous entrer ? demanda-t-elle.

Jean-Gabriel l'avait immédiatement reconnue.

— N… d… D…, de N… d… D…, marmonna-t-il. La voilà ! Tu parles, si je m'attendais…

Il eut une petite réaction désagréable en s'apercevant qu'elle était accompagnée. « Il ne doit pas faire bon lui chercher la bagarre à celui-là ! ». Il se revit, sonnant à la porte, se demandant si Angélique était célibataire ou non.

Mais, déjà, il avait posé la houe et s'essuyait les mains sur son chandail.

— Entrez, entrez donc !

Alors, il vécut quelques secondes dont il était incapable de savoir s'il avait rêvé ou si c'était la réalité. Alors qu'il allait lui tendre la main, elle l'embrassa sur les deux joues !

— Je suis désolée, dit-elle. Sarah et papa m'ont tout raconté.

Les prénoms se mélangeaient dans la tête de Jean-Gabriel : Sarah, il voyait bien qui c'était, mais le papa en question…

À moins que ?

Angélique le lui confirma.

— Papa, voici donc la victime de mes errances nocturnes…

— Paul, dit l'hercule en se présentant.

— Euh, moi, c'est Jean-Gabriel. Mais venez jusqu'à la maison. Je m'apprêtais justement à faire un café, mentit-il.

— Alors, c'est avec plaisir, dit Angélique.

Ils passèrent une heure ensemble. Elle parla des USA, et lui aussi car il y avait fait de nombreuses escales.

Paul fut plus discret mais d'une extrême convivialité.

Angélique se proposa d'embarquer un jour en mer avec lui. Il accepta avec plaisir, inquiet seulement de savoir si elle avait le pied marin.

— J'ai déjà navigué, vous savez.

Quand ils s'en allèrent, c'est lui qui embrassa Angélique. Puis il s'assit sur le banc du jardin où, durant dix minutes, il ne cessa de répéter :

— Eh bien, ça alors ! Eh bien, ça alors ! C'est vraiment la première fois !

Il était tombé amoureux d'un fantôme.

IX

Trop de pistes se croisaient dorénavant, et le mot trouvé chez Angélique menait, décidément, sur des voies bien étranges. Que serait venu faire ici le Mossad, les services secrets israéliens ? Qui était Siméon ? Un agent secret ? Quel rapport avait-il avec le cargo ? Était-il tombé dans une embuscade, celle d'un rendez-vous tragique et inattendu ? La consultation des documents du port avait permis de retrouver les noms des derniers cargos déchargeant leur cargaison à Loctudy.

Les grands trafics du port de commerce s'étaient largement atténués et, des débarquements des années 50 à 70, il ne restait plus que des souvenirs. On voyait pourtant arriver parfois un navire anglais, un yougoslave, un russe, un finlandais, chargé de ciment ou d'engrais. Il restait deux jours, puis repartait dans ses circuits de cabotage habituels. Sarah retrouva bien un "Emaël Sharon", venu d'Angleterre et qui avait touché le port à l'époque du drame. Les manifestes* indiquaient qu'il transportait des pièces de machines

---

*Documents de circulation des navires.

agricoles. Son arrivée à Loctudy sur son moteur de secours était due à un problème d'arbre d'hélice dans le raz de Sein.

« Pièces de machines agricoles », lut Sarah sur l'encre délavée d'un vieux document tapé à la machine à écrire. « Pourquoi pas des armes ou de la drogue ? » se dit-elle.

Il lui avait fallu fouiller plusieurs années d'archives pour trouver trace de l'escale de "l'Emaël Sharon" qui n'était, après tout, qu'un événement banal dans la vie du port.

Toutes les mers du globe étaient parcourues par des trafiquants de tous bords. De vieilles bailles aux identités de circonstance transportaient aussi bien des équipages de sac et de corde, que des fanatiques religieux et politiques, des mercenaires, des activistes.

Elle retrouva le capitaine du port de l'époque.

— Je vois ce bateau comme si c'était hier, avait-il assuré.

Il se souvenait avec une précision remarquable de chaque détail.

— Il est entré dans le port vers 7 heures du matin. On était au courant grâce à Radio Conquet. "L'Emaël Sharon" était vraiment un gros cargo, avec douze ou quinze hommes à bord. Il s'est amarré au quai Nord.

— Que s'est-il passé ? demanda Sarah. Vous souvenez-vous de voitures, de visiteurs particuliers ?

— Non. Il ne s'est rien passé. Il a réparé et il est reparti, après une visite des douanes. En réalité, il n'aurait jamais dû venir ici. C'était une escale technique forcée. Autant que je m'en souvienne, il descendait sur l'Espagne, puis sur Israël.

— Avez-vous vérifié l'équipage et la cargaison au moment du départ ?

— Non, bien sûr ! Je n'avais aucune raison de le faire. Les douanes avaient fait leur travail. Tout était en règle. Si je me souviens bien, ils sont partis dans la nuit suivant la réparation de l'arbre d'hélice.

Le capitaine du port admit que personne n'avait fait la relation avec le drame survenu quelques jours plus tard.

— Pourquoi l'aurait-on faite ? Ce n'est que bien après qu'on a parlé des services secrets israéliens. C'était un article de journal.

— C'est-à-dire ?

— Je ne sais plus. Mais, vous savez, ça n'a duré que quelques jours et tout le monde a oublié cette affaire. Vous trouverez peut-être quelque chose dans les vieux journaux.

*

*   *

Sarah avait longuement pensé aux réflexions de Verlène. Elle avait rejoint Arthur. De nombreux journaux recouvraient son bureau.

— J'ai retrouvé l'affaire Korloff. Les journaux l'ont largement relatée.

Il s'était plongé dans la presse de l'époque. L'affaire avait fait des grands titres. Des journaux parisiens avaient même envoyé leurs journalistes ou leurs correspondants régionaux à Loctudy. Durant plusieurs semaines, le port avait connu une publicité dont il se serait bien passé. Puis, les clameurs se turent aussi rapidement qu'elles s'étaient élevées. Les événements internationaux portaient les regards ailleurs.

On enterra Siméon et rares étaient aujourd'hui ceux qui se souvenaient de l'emplacement de sa tombe dans le cimetière du bourg. Il faisait désormais partie de ces sépultures anonymes que l'on avait, avec les autres, transférées dans le nouvel emplacement, judicieusement choisi plusieurs années auparavant… auprès du terrain de football.

*

*   *

Arthur avait photocopié les différents articles de presse. La révélation de plusieurs scandales éclaboussait déjà le monde politique, qui lui, se mettait à l'abri des poursuites.

Les journaux avaient publié, durant plusieurs semaines, des titres révélateurs sur le drame du port bigouden : les quotidiens de la presse locale et régionale faisaient leurs colonnes sur « *Le mystérieux voyageur de Loctudy* », « *Drame et mystère sur le port* », ou « *Un crime inexpliqué* ». Des journaux spécialisés, basés dans la capitale, avaient des titres plus percutants : « Loctudy : Meurtre à marée haute », « Du sang sur la coque à Loctudy », « Règlement de comptes à Loctudy », « Un mystérieux truand abattu à Loctudy ? »… Les commentaires de ces journaux étaient à l'image des affichettes qu'ils exposaient devant les dépôts de presse. Chaque reporter avait interrogé un témoin capital – généralement inconnu des habitants – dont l'on ne voyait qu'une photo floue.

« Je l'ai vu rentrer à l'hôtel », disait, dans un groupe aux contours imprécis, un vieux marin, dont on ne distinguait pas le visage derrière la visière de la casquette. « Il est descendu d'une grosse voiture, genre américain. J'ai immédiatement pensé à un type louche. Vous savez, ici on n'a pas l'habitude de ces gars-là. On les repère tout de suite », relatait le papier d'un « envoyé spécial sur les lieux », interviewant le Sherlock Holmes de service. Le montage sentait le « bidonné » à trois lieues. Aussitôt publié, aussitôt oublié, il était, la semaine suivante, remplacé par « un crime odieux » à Chef Boutonne. Un paysan charentais affirmait avoir reconnu les coupables de l'agression dans la campagne.

« Mais je ne peux rien dire », affirmait cet anonyme, soigneusement masqué par le mouvement de sa fourche lançant une botte de paille sur sa charrette.

« Du sang sur la coque », faute d'un grand scoop, passa rapidement aux oubliettes.

*

*   *

— Tout ça, avait dit Arthur, nous fait donc une disparue qui réapparaît, un agent secret à la retraite recyclé dans le rôle d'Hercule, deux Américaines qui arrivent bientôt, et tout un tas de tintouins vieux de quarante ans.

À quand les lettres anonymes ?

X

Le jour suivant, Sarah reçut une enveloppe volumineuse. Elle portait une écriture maladroite en pattes de mouche. Elle l'ouvrit et découvrit une autre enveloppe de plus petit format, à l'intérieur, qui portait l'inscription : « Pour Paul de la part de Siméon. »

— Arthur, viens voir ça !

— Nom de Zeus ! On dirait que ça se complique. Ma petite Sarah, je n'aime pas ça. Mais alors, pas du tout !

— À moins qu'il ne s'agisse d'une provocation de mauvais goût, j'ai l'impression d'avoir remué des choses qui dérangent. Ça commence à devenir intéressant.

— Postée à Quimper, centre-ville, 15 heures 30. Il y a en eu des dizaines à cette heure-là.

Il devait y avoir des dizaines d'empreintes sur l'enveloppe. Les expéditeurs de ce type de courrier prennent rarement le risque de travailler sans gants. Le timbre lui-même n'avait pas été collé à la salive mais à l'aide d'une banale colle du commerce.

— Bien vu, dit Sarah. Pas de salive, pas d'ADN. De toute façon, nous n'en sommes pas encore là.

— Pas encore, pas encore là. C'est vite dit, ronchonna Arthur.

— Eh bien, retournons voir Paul ! Il ouvrira ce courrier devant nous.

Elle saisit le téléphone et composa son numéro.

*

* *

Les traits de Paul s'étaient durcis. Ses yeux gris reflétaient la fureur qui l'habitait. C'est pourtant avec calme qu'il avait ouvert l'enveloppe tendue par Sarah. « Te souviens-tu de Siméon ? Tu as vu comme ils l'ont liquidé. Ta fille a eu du pot ! Je l'ai vue l'autre jour. Elle a l'air d'aller très bien. » disait le message.

— Le s…, jura-t-il. Qu'est ce que ça veut dire ? Je n'y comprends rien.

La seconde feuille était encore plus déroutante. C'était une excellente photocopie laser d'un article de presse daté de l'été 1967 : « Traditionnelle fête folklorique de Loctudy », disait le titre. « C'est sur l'habituel terrain de la rue du phare de Langoz que s'est tenue, comme chaque année, la grande fête de l'été. Elle a connu un magnifique succès sous un soleil éclatant. Plusieurs centaines de personnes, dont de nombreux estivants, ont assisté aux différents spectacles. Les gagnants de la loterie sont : 1er prix… »

Une photo de presse en plan moyen illustrait l'article. « Les touristes sont venus en famille. Une aubaine pour les enfants ! », commentait le journaliste.

— Regardez-ça ! C'est inimaginable !

Une petite fille plongeait une paille dans un verre.

— Angélique ! s'exclama Sarah.

— Angélique et moi, dit, la voix sourde, son père qui, sur la photo, la tenait par le cou. Je me souviens parfaitement de cette fête.

— Alors là, ça se complique, dirait-on.

Sarah regarda plus attentivement. Elle eut un nouveau choc. De l'autre côté de la table, face à Angélique et à son père, une jeune femme blonde penchait la tête sur l'épaule d'un homme encore jeune.

— Connaissez-vous cet homme et cette femme ? demanda-t-elle à Paul.

Il observa avec attention :

— Non. Non, je ne les ai jamais vus de ma vie. Ils n'étaient pas dans nos circuits. J'en suis absolument certain.

Dans cet homme souriant à l'objectif, Sarah avait immédiatement reconnu Donatien. Ses manches retroussées dévoilaient des bras minces, dépourvus de blessures.

*

* *

— Ces lettres sont découpées dans la presse étrangère. Les journaux régionaux n'utilisent pas ce type de police*.

Les secrétaires d'édition des journaux régionaux avaient été catégoriques.

— C'est peut-être découpé dans le Times ou n'importe quelle presse étrangère, mais pas dans la nôtre, avaient-ils dit. Cherchez en Allemagne, en Espagne ou en Belgique… avait-on dit à Sarah.

On découvrit rapidement qu'il ne s'agissait pas de journaux récents. L'état du papier était celui d'archives datant d'au moins trente ans, sinon plus. Quant à l'article sur la fête de Loctudy, il avait été reproduit avec une photocopieuse laser d'un tout dernier modèle. Le tirage était remarquable.

— Nous avons à faire à un collectionneur, avait dit Arthur.

— Quelqu'un refait surface ?

— On le dirait bien. Mais d'où et pourquoi ? Mystère et boule de gomme, comme on disait autrefois.

*

*   *

Donatien, qui semblait affolé, avait appelé Sarah :

— Voilà ce qui était dans ma boîte ce matin. Je ne comprends pas, fit-il, les mains tremblantes.

« Sale c… Tu as une trop grande gueule. Vas donc lui dire à la petite flic que tu risques bientôt de cramer

---

*Police de caractères : en imprimerie, terme qui désigne le style de lettres. Il y a de la Times New Roman, de la Tahoma, de la Palatino, etc… Chaque police a ses caractéristiques.

pour de bon. Cramer ! Tu sais ce que ça veut dire. Eh ! Tu te souviens de ton navigateur : à cause de ta connerie, il a cramé dans l'appareil. Son nom : "Bob". Ça te dit quelque chose, le champion de la chasse ? Tu étais le meilleur du "Clem"* paraît-il ? Rigolo ! Le meilleur des c… Tu parles. Boum ! J'espère que tu regardes souvent ton bras… Pas terrible, n'est-ce pas ? »

— J'ai voulu vous faire voir cette lettre car elle relate un fait dramatique, un de ceux qui se produisent dans l'aviation. Je n'avais aucune responsabilité dans cet accident dû à une rupture de circuit d'alimentation.

Le feuillet était composé des mêmes caractères de journaux que celui reçu par Paul.

— L'autre siège n'a pas fonctionné correctement. Le parachute s'est mis en torche. Mais ça aurait pu être le mien. Je ne comprends pas.

Sarah lui montra la photocopie où il se trouvait face à Angélique et son père. Donatien affirma :

— Je ne me souviens absolument pas de ça. 1967 ? C'était trois ans avant l'accident.

— La jeune femme ?

Il hésita…

— Nous sommes séparés depuis de nombreuses années. Je ne sais pas où elle vit.

— L'homme face à vous et la petite fille vous rappellent-ils quelqu'un ?

*Le porte-avions Clémenceau.

— Non. Je ne les connais pas. Je n'ai vraiment aucun souvenir de cette journée.

*

* *

Les journaux conservaient plusieurs années d'archives dans leurs rédactions locales. Sarah put ainsi consulter tout ce qui avait trait à l'été 1967.

Elle constata rapidement que les articles de cette année-là sur la fête de Loctudy avaient été finement découpés à la lame de rasoir. L'un d'entre eux avait vraisemblablement servi de modèle au tirage adressé à Paul.

XI

La baie happait goulûment la bourrasque de ses lèvres d'écume. Si quelques rayons de soleil parvenaient à percer le blindage du ciel bas, une couverture d'un gris intense prenait possession de l'espace. Une fois encore, la tempête arrivait. Le premier coup de vent était venu du Sud, imprévisible, puissant, redoutable. Il avait charrié des nuages de poussière ocre, celle levée la nuit précédente dans les déserts d'Afrique.

Le simoun, vent de sable, forme souvent des tours gigantesques, pharaoniques, hautes de dizaines d'étages d'immeubles. Le désert, jusqu'alors immobile, élève des murs impénétrables. Bien que de sable, les tourbillons les transforment en parois tournoyantes plus solides que le béton. Déchaînée de voracité, la tempête est capable d'emporter des troupeaux de chameaux, des hommes de rezzous surpris sur leur chemin de guerre. Le soleil et le sable forment une alliance titanesque.

Mais la rencontre avec le front atlantique l'enroule dans un monstrueux combat céleste, où la mer a toujours le dernier mot. L'énorme puissance du front océanique aspire le vent chaud rasant la terre. Les monts d'Espagne à peine franchis, le ballet de sable est pris dans un redoutable concassage, celui d'un bloc de cumulus parés de couleurs de bombardiers lourds. Des masses phénoménales d'air saturé d'orage, de pluie et d'électricité, pulvérisent les souffles chauds du Sahara. Le simoun se désagrège dans l'atmosphère. Ses masses de sable explosent comme de vulgaires sacs de papier. Il n'en reste que de rares traces sur les capots des voitures, bientôt balayées par une pluie diluvienne.

Sarah s'était arrêtée quelques instants devant le Cercle Nautique. La houle de Sud, idéale, déroulait ses longues vagues sur le bassin de Langoz. Trente-cinq nœuds de vent hachaient la mer. Soudés à leur planche à voile, des lutins océaniques aux membres élastiques, rebondissaient sur les champignons d'écume.

Si d'autres aimaient le bleu couleur lagon, eux, n'attendaient que le coup de vent pour se frotter à ses fureurs. Ils aimaient la tempête et ses cris de rage, ses coups de boutoir, ses grondements. Une voile transparente s'envola à trois mètres de hauteur dans une fantastique pirouette. Une autre l'accompagna, puis une autre encore.

Puis il se mit à pleuvoir comme si, à force de sauts, les lutins étaient enfin parvenus à déchirer le ciel.

Sarah prit la direction de la rue du Port.

*

*   *

Les gouttes frappaient bruyamment la grande baie vitrée de l'Hôtel du Port où Sarah consultait les registres de l'année du drame.

Elle trouva enfin ce qu'elle cherchait : le nom du client et le numéro de la chambre, le 12, au premier étage.

Le mystérieux Siméon ne l'avait occupée qu'une nuit, la dernière de son existence terrestre.

— Nous avons racheté l'hôtel il y a huit ans, avait dit le propriétaire. Il fallait le moderniser, le mettre aux normes.

Il avait fait réaliser de nombreux travaux, et rien ne subsistait du décor de l'époque. La façade du bâtiment, elle-même, avait subi plusieurs modifications.

L'ancienne chambre de Siméon était inoccupée. Sarah demanda à la visiter. Réaménagée, elle était coquette et bien décorée. Deux belles marines du peintre Marco MC étaient accrochées au mur.

— Nous avons fait abattre les anciennes cloisons. C'est un gros investissement, avait dit le propriétaire.

Sarah repartit sans en avoir plus appris. On lui avait cependant donné le nom d'une employée qui travaillait là à l'époque de l'affaire.

*

*   *

— Je me souviens bien de tout ça ! Quelle histoire. On a eu les gendarmes pendant des jours.

Marthe Kergall avait travaillé plusieurs années à l'Hôtel du Port. Elle en avait gardé une grande nostalgie et un souvenir indéfectible.

— J'avais 65 ans... Alors j'ai quitté quand les anciens patrons ont décidé de vendre. Ils voulaient rejoindre leur fille dans le sud de la France.

Sarah avait trouvé Marthe au milieu de son poulailler. Chaussée de bottes de caoutchouc vertes, portant une blouse bleu ciel sur une jupe grise et un pull orange, elle distribuait la nourriture en claquant de la langue.

— Tac, tac, tac, tac, faisait-elle, suivie à la trace par des poules dodues et grasses.

C'était un élevage artisanal comme il n'en existerait sans doute bientôt plus.

— Tout ça, c'est du fermier, avait assuré Marthe, puisant à mains nues dans le gros seau de plastique contenant la nourriture pour sa volaille. Quand elles ont mangé, je les laisse courir autour de la maison. Elles reviennent dormir le soir.

Marthe avait hérité de ses parents agriculteurs d'un joli corps de ferme. Restée célibataire pour convenances personnelles, elle avait, la retraite venue, décidé de reprendre le flambeau familial. Elle avait été très belle, et l'âge n'avait jamais réussi à altérer les contours si fins de son visage.

Son élevage, bien modeste sinon inexistant au

regard des couvoirs industriels, n'en était pas moins apprécié des amateurs. Inscrite à la Chambre d'Agriculture, Marthe produisait les “Poulets Kergall, pur fermier, élevage naturel”.

— J'en fais deux ou trois mille par an. C'est pour les gens de la région, avait-elle dit à Sarah.

Claudius, l'occasion aidant, lui apportait son aide.

— C'est un gentil garçon… qui ne fait que ce qu'il veut. Mais j'ai une entière confiance en lui.

Très belle quand elle était jeune, Marthe avait gardé des traits réguliers, des yeux magnifiques et aimait son prochain. Très croyante, elle n'imaginait pas que les hommes puissent être mauvais. Mais elle s'était, depuis longtemps, réfugiée dans une étonnante solitude.

— Cet homme-là, Siméon, est arrivé quand je finissais de balayer la cuisine. Ce n'était pas comme maintenant, avec les blouses blanches et tout. Et puis nous n'étions que trois.

Sarah retrouvait sa famille. La chaleur des contacts, la simplicité de la vie, l'affection étaient, elle en était certaine, les clés du bonheur. Marthe était de ces femmes qui rayonnent d'un étonnant magnétisme. On les pense inaltérables, immortelles, indestructibles. Elles font tellement partie du quotidien, que rien ne peut les atteindre.

Elles renaissent, apparemment intactes, des souffrances de la vie, sans que personne ne puisse lire dans leur cœur.

— Et si je m'en souviens, c'est que c'est moi qui l'ai reçu. Ça m'a fait un choc, évidemment, quand j'ai appris le drame. Après, nous avons eu les gendarmes, ils m'ont posé des tas de questions, mais je ne savais rien. J'avais juste noté son nom et lui avais donné sa clé.

Sa main puisa dans la réserve de nourriture qu'elle lança à la volée.

— Tac, tac, tac, tac. Petites, petites ! C'est étonnant parce que c'était la première que j'entendais le prénom : Siméon. Ça m'a marquée. C'est bien triste de finir comme ça. Allez, petites ! Allez, allez…

XII

Sarah avait traîné toute la fin d'après-midi à Loctudy. Elle avait revu l'historien, angoissé par la lettre anonyme, fouillant avec lui les documents à leur disposition. Ils avaient retrouvé sur internet le livre sur la Prohibition américaine lié au Volstead Act*, où Angélique avait découvert le nom de De Brassin. Les quelques lignes où il apparaissait, ne concernaient qu'un fait divers. À Chicago, un conducteur ivre, en excès de vitesse, était entré en collision avec un taxi sur le "loop". L'affaire n'avait pas d'autre importance, sinon que le chauffeur, un certain Al Brown, se faisant passer pour shérif, exposant une fausse carte, avait menacé le chauffeur de taxi de son arme. Ce Al Brown était accompagné de deux femmes et d'un autre homme, un Français nommé De Brassin**. L'histoire, une affaire de simple police des années 20, prenait un autre relief quand on savait que

*Du nom d'Andrew J. Volstead, obscur député du Minnesota, porteur du projet d'un "pays sec" en 1920.
**Ce court récit, fictif pour ce qui concerne le personnage de De Brassin, est très librement inspiré d'une histoire extraite du livre *The bootleggers*, de Kenneth Allsop - Robert Laffont 1962.

Al Brown était un des noms que prenait régulièrement le célèbre gangster Al Capone. Mais toute cette affaire, aujourd'hui, n'avait plus aucun sens sans cet étrange retour de Siméon.

Dans la soirée, Sarah avait marché le long du quai, jusqu'au port de plaisance. Elle s'était appuyée à la rambarde d'un ponton.

La nuit, le port de plaisance se transformait en théâtre de lumières, animé de clapotis et de bruits inhabituels. L'Île Garo et l'estuaire étaient une touffe d'ombres confondues avec la mer. Le silence était quasiment total, seulement troublé par le "plouf" d'un carnassier en maraude.

Le clocher sonna dix heures. Les « dong-dong-dong… » se succédèrent en coups de gong aux ondes galopant dans la nuit sur leurs vibrations de bronze. Vide à cette heure, l'intérieur de l'église, un chef-d'œuvre d'architecture romane, se transformait alors en une conque reliée à l'infini. La fureur du monde moderne, depuis longtemps, fait oublier ces longues pulsations de l'airain et du bronze, qui ont tant marqué l'histoire des hommes. Elles ont, quoi qu'on en pense, imprégné la conscience collective. Le calme de la nuit est propice à ces martèlements soudains, un peu incongrus, hors du temps, dans une société qui ne pense qu'à élever des tours ou à bâtir, n'importe où et n'importe comment, ses cubes de béton.

Une cloche qui sonne, annonce toujours quelque chose, que ce soit la joie, la mort, ou même tout simplement l'heure. Le dernier des mécréants campagnards entend son appel, libre à lui de hausser les épaules.

À la faveur de la nuit et de cette atmosphère, Sarah réfléchissait. L'atmosphère prêtait à la méditation.

Depuis plusieurs secondes, Sarah entendait des pas dans son dos. Ils cessèrent. Elle n'avait pas peur. Quelques instants s'écoulèrent et une voix d'homme murmura :

— Madame... Madame, c'est moi, Mathieu, le gars d'hier soir. Celui que vous avez corrigé. Je... je voulais vous parler.

— Pour quelle raison ?

— J'avais trop bu... parce que ça n'allait pas.

Sarah se retourna. Il était là, gêné et maladroit.

— Et vous pensiez sans doute que boire allait améliorer les choses ?

— Non... Mais c'est comme ça. Je n'ai aucune excuse... Aucune.

— Je ne suis d'ailleurs pas décidée à vous en trouver.

Il se balançait d'un pied sur l'autre, les mains dans le dos.

— Voilà. Je suis marin-pêcheur et j'ai braconné de la civelle.*

— Je le sais.

— Ah !

---

*Civelle : larve d'anguille dont la pêche est particulièrement réglementée.

— Oui. Et j'ai également appris que vous êtes récidiviste et qu'on vous a retiré votre licence.

— Ben oui. Et j'ai une grosse amende à payer.

— Je le sais aussi.

Il interrompit son balancement d'un pied sur l'autre, hésita et dit :

— C'est de ça que je voulais vous parler. Et je regrette pour hier soir.

— N'en parlons plus. De quoi est-il question ?

Il hésita.

— Voilà. Un peu après m'être fait prendre par les gendarmes maritimes, j'ai fait deux énormes bêtises. C'est allé trop loin.

— C'est-à-dire ?

Il souffla comme pour trouver le courage de parler plus.

— J'irai sans doute en prison mais il vaut mieux que ce soit comme ça. Sinon, je ne sais pas comment ça pourrait finir.

Elle écouta attentivement le récit. Il était effrayant.

— Ça s'est passé un soir. J'étais sur le bateau. Il n'y avait plus personne à cette heure-là, et je n'avais pas envie de voir des gens. Je n'avais plus d'argent, j'étais passé au tribunal, et j'avais un gros paquet de dettes sur le dos. J'étais à peine à bord quand on m'a appelé : « Eh, Mathieu, viens ici. » Je ne suis pas peureux mais j'ai pensé aux flics… Enfin, bon… J'ai dit :

— Qui est là ?

J'ai vu une ombre. La voix a répondu :

— Quelqu'un qui pourrait t'aider à résoudre tes problèmes.

— Quels problèmes ? j'ai demandé.

— À payer ton amende, par exemple. Et à récupérer ta licence.

— C'est quoi cette histoire ? Pourquoi vous feriez ça ?

— Parce que tout le monde ici sait que tu es un homme plutôt sympathique, Mathieu. Tu as besoin de gagner ta vie, n'est-ce pas ? Et avec tes problèmes, ce n'est pas facile.

— Je n'ai pas répondu. D'ailleurs, il a dit aussitôt :

— Et puis, j'ai un petit service à te demander.

— Un service ? Quel service ? Et qui êtes-vous ?

— Tu sais, il vaux mieux savoir rester discret parfois. Mais pour te rassurer, jette un coup d'œil là-dessus.

— Il s'est alors avancé vers moi et m'a tendu une grosse enveloppe. Il portait un bonnet de mer très enfoncé sur la tête et le col de son blouson était remonté très haut. Comme il était dans l'ombre, on ne pouvait pas le reconnaître.

— Regarde dans l'enveloppe ! m'a-t-il intimé.

Elle n'était pas fermée et contenait des billets de banque. Beaucoup.

— Ils sont à toi si tu travailles avec moi, a-t-il poursuivi.

— Pourquoi me donnez-vous cet argent ? Je ne vous connais pas.

— Je pense que si, mais ça n'a pas d'importance. Je veux juste que tu me rendes quelques petits services. Il y en aura encore d'autre. Ça te va ?

Je ne savais pas quoi dire. Alors il m'a expliqué que je devais surveiller ma boîte à lettres. Qu'un matin, je recevrais un dossier et qu'il reprendrait contact avec moi.

— Et c'est bien ce qui s'est passé ? interrogea Sarah.

Mathieu baissa la tête.

— Que vous demandait-il ?

— De cambrioler une pharmacie. J'avais tous les détails. C'était facile. J'ai accepté.

— Vous répéterez ces aveux devant le Tribunal ?

— Je préfère aller en prison plutôt que de continuer. Un jour, ça va mal finir… et…

— Et ?

— Je peux vous dire qui m'a demandé de faire ça. Mais pas ici. J'ai trop peur. Il faut que vous veniez jusqu'à chez moi. Je vous ferai voir les enveloppes.

Sarah hésita à peine. Autant qu'elle pouvait le constater à la lumière du lampadaire, l'homme avait l'air piteux et déconfit.

— Je vous jure que vous n'avez rien à craindre.

— J'en suis persuadée.

Elle écarta le pan de son parka, dévoilant son arme de service.

— Vous croyez que je n'ai pas assez fait de c… pour aller maintenant m'en prendre à vous ?

Elle nota son identité complète, son numéro de téléphone.

— Alors, allons-y !

— Vous... vous pouvez me suivre en voiture ?

Sarah accepta.

— Mais attendez que je vous fasse signe d'y aller.

Il se dirigea vers un tas de ferraille brinquebalant, un ancien utilitaire qui n'avait pas dû fréquenter le garage depuis belle lurette... Sarah en profita pour appeler Arthur sur son portable.

— Attends-moi, j'arrive, dit-il.

— Je n'ai pas le temps. Je ne prendrai aucun risque, je t'assure. Je te passe les coordonnées, rejoins-moi.

— Mais Sarah, tu ne...

Elle avait déjà raccroché. À peine au volant, elle fit signe à Mathieu de démarrer. Son pot d'échappement cracha des relents de mazout. Il lui manquait un feu à l'arrière. Il avança à une allure hoquetante, ne respectant pas le stop de la rue du Commandant de Carfort. Quelques minutes plus tard, Mathieu s'arrêtait devant une maison à l'orée du bourg.

— Voilà. C'est ici. J'ouvre la porte.

Il alluma dans le couloir. Un petit chien les accueillit joyeusement puis retourna s'allonger sous les escaliers. Bien que sur ses gardes, Sarah le suivit sans crainte, ses sens en alerte.

La cuisine, sans être d'une propreté irréprochable, était assez bien tenue.

— Je… vais vous montrer ce que j'ai, dit Mathieu, lui tendant une chaise.

Il sortit une épaisse chemise d'un meuble.

— Voilà. C'est ça les deux pharmacies. Les photos, les plans. Tout ce que j'avais à faire c'était de voler le plus possible de calmants et de tranquillisants. Je savais exactement où il fallait que je frappe. Il m'avait…

Sarah l'interrompit.

— Alors, répéta-t-elle, vous ne m'avez pas fait venir ici pour rien. De toute façon, vous n'échapperez pas au tribunal, mais je pense que la justice tiendra compte de votre bonne volonté.

Subitement, les yeux de Mathieu se remplirent de larmes. Il renifla quelques instants, puis frappa du poing sur la table.

— Et puis m…, dit-il, j'ai quand même plus de courage que ça ! Je vais vous dire qui a tout manigancé. C'est…

Le petit chien se mit soudain à aboyer.

— Il y a quelqu'un dehors. Là, derrière la fenêtre. Attention, on…

Le carreau vola en éclats sous l'impact de la balle. Mathieu avait pris le projectile en pleine poitrine. Il ouvrit la bouche, fit « Oh ! », tomba à genoux et s'écroula. Sarah était déjà debout dans un angle mort, l'arme à la main. Mathieu était à deux mètres d'elle. Il respirait encore mais une grosse tache de sang s'élargissait sur ses vêtements.

La grande porte d'entrée s'ouvrit violemment, puis un coup de pied fit valser celle de la cuisine. Elle vit d'abord le Colt 11.43, puis le visage terrifiant de Verlène.

— Alors, surprise, la petite flic ?

Verlène Leboi ! Ainsi, c'était lui ce mystérieux personnage, ce paysan si attachant, au faciès aujourd'hui torturé de frémissements effrayants ! Son visage était d'un rouge sang assez surprenant. Les veines saillantes de son énorme cou étaient les racines d'un monstre naissant du sol. Il était en grosse chemise. Une incroyable odeur d'alcool accompagnait chacun de ses mots. Sarah comprit rapidement qu'il était non seulement ivre mais également drogué.

— Cet homme a besoin d'un médecin d'urgence. Posez votre arme !

Il se mit à rire grossièrement :

— Pauvre petite c… Si tu crois que je vais m'en faire pour ce type. Je… je lui… faisais confiance et voilà qu'il vient me livrer aux flics. Il m'a trahi.

— Posez votre arme ! répéta Sarah. Sinon, je me verrais forcée de vous mettre hors d'état de nuire.

— Ah ! Ah ! Ah ! Remarque, je pense que tu… dois tirer assez vite. Et… il paraît que tu te bats bien aussi… Tu sais que, moi aussi… j'ai été champion de lutte bretonne… avant ça…

Il fit un geste brusque du bras gauche. Sarah le mit en joue. Mais il releva seulement sa manche de chemise.

Son bras était atrocement brûlé :

— Regarde, petite flic, et écoute bien ce que je vais te dire. Tu vas tout comprendre. Après, on verra bien ce qui va se passer car je suis sûr que tu as alerté tes collègues.

— Attendez, soyez raisonnable, Mathieu est grièvement blessé !

— Stop ! Au moindre geste de ta part, même si tu me tues, je le tue avant.

*

*   *

Les aveux de Verlène étaient à la fois ahurissants et effrayants. Les effets de la drogue et de l'alcool commençaient à s'estomper et il s'exprimait à peu près correctement. Son regard pourtant conservait cette expression de sauvagerie que Sarah avait trop souvent vue dans les yeux des tueurs.

— L'exploitation ne marchait pas bien. Mon frère était un incapable qui buvait beaucoup. Il fallait de l'argent. Je ne voulais pas que les huissiers vendent la boutique.

Doté d'un véritable flair de journaliste d'investigation, il avait toujours pensé que le chantier naval masquait autre chose.

— J'ai passé mon enfance sur la vasière et dans les bois. Quand nous étions gamins, nous allions faucher des bambous sur l'îlot. Je connaissais ce coin-là par cœur.

Des questions aux doutes, il avait fini par surveiller très attentivement les lieux. Malgré la discrétion demandée, l'un des ouvriers lui avait un jour, quelques verres aidant, parlé de cet étonnant chantier en ces termes :

— On fabrique des pièces qui ne sont pas destinées aux bateaux qu'on construit. Rien que de l'inox et de l'aluminium ! Je te dis ça, mais tu n'en parles pas dans le journal. Sinon, pour moi, c'est la porte.

Verlène n'avait rien dit. Durant plusieurs nuits il avait exercé une surveillance serrée sur l'îlot.

— Ça circulait trop de nuit là-dessus pour qu'il n'y ait pas quelque chose derrière. J'avais pris des repères. Il y avait des rendez-vous.

Sa connaissance du terrain lui avait permis un jour de s'approcher de l'entrée du ponton fermée par une grille.

— Une voiture est arrivée un soir, avec deux hommes à bord. Le patron du chantier les a accueillis. Les types n'étaient pas du genre à venir acheter des chalutiers. Ils étaient étrangers ; alors, tout le monde parlait anglais. Une langue que je pratique bien. Quand ils ont parlé "d'Emaël Sharon", j'ai pensé qu'il s'agissait d'un homme. Ils ont aussi évoqué un certain Siméon. Ils se tenaient sur leurs gardes à cause de lui. J'ai compris que celui-là ils voulaient le liquider. Les deux types étaient des tueurs. En voyant rentrer le cargo dans le port de Loctudy, j'ai tout compris. Pour moi c'était le "scoop", le gros coup, l'argent. Mais je savais trop bien à quel genre de gars j'avais à faire. J'ai tout expliqué à mon frère. Il n'était pas trop soûl. Il m'a accompagné avec son fusil, au cas où… J'avais mon Colt. Je devais seulement prendre des photos à l'infrarouge, au 300 mm. La planque était bonne et tout se passait bien – jusqu'à l'arrivée de ce type. La lumière était éteinte mais on l'a vu sortir par la fenêtre de l'hôtel. Après, c'est allé très vite.

J'ai une mémoire d'éléphant. Quand j'ai vu ce gars arriver cette année, j'étais sûr de lui avoir déjà tiré le portrait. Et comme j'ai arrêté en 1967…

Sarah renouait alors le fil de l'histoire racontée par Paul, l'arrivée d'Angélique…

— Ça a été très rapide. Un type a bondi quand la gamine est arrivée en pleurant. Les deux gars sont restés sur le carreau. On a pensé qu'ils étaient morts. Ils avaient une serviette bourrée d'argent sur eux. Le Siméon aussi. On l'a ramassée sur le port. Beaucoup d'argent. C'était pour nous la fin des huissiers.

Après les avoir chargés à l'arrière de leur voiture, les deux frères pensaient les abandonner sur le parking de la gare de Quimper.

— Personne ne pouvait nous retrouver. Mais un des types n'était pas mort. Il s'est réveillé dans le virage avant l'Avantage. Je suivais derrière. Je l'ai vu frapper mon frère. La voiture a dérapé. Elle a pris feu. J'ai voulu sortir mon frère et son fusil posé sur le siège, et voilà le résultat.

Il désigna son bras.

— J'ai bien failli crever de douleur, cette nuit-là. Une brûlure comme celle-là, c'est pire que tout.

Verlène rabaissa sa manche.

— Pas très chouette à voir, n'est-ce pas ?

Sa main droite tenait toujours fermement le Colt 11.43.

— J'ai ramené le cadavre de mon frère à la maison et j'ai laissé cramer les autres. Le jour après, j'ai dit qu'il était saoul et qu'il avait eu un accident en allumant un feu avec un bidon d'essence. Comme c'était un ivrogne, ça n'a surpris personne. On l'a mis dans le trou sans problème et j'avais l'excuse pour mon bras. Personne n'a fait le rapprochement avec la voiture. Elle a explosé et les autres types ont été carbonisés. Ça a été vite classé, mais personne n'a jamais compris pourquoi le chauffeur se trouvait à l'arrière…

— Mais pourquoi jouer à ce jeu de lettres anonymes ?

— Eh, petite flic, sans lui, mon bras n'en serait pas là.

— Mais l'historien, Donatien. Il n'est pas concerné…

— Non, mais, lui, c'est un e… Je ne l'aime pas.

— Et vous menacez le gens que vous n'aimez pas ?

— Pourquoi pas ?

Sarah n'en sut pas plus.

— Non. N'avance pas, petite flic ! N'avance pas ! Je sais que tu es très forte, alors je ne te laisserai pas m'approcher.

Un rictus se formait sur les lèvres de Verlène. Il recommençait à être torturé de tics.

— Monsieur Leboi, il faut faire soigner Mathieu.

— C'est trop tard, dit-il. Bien trop tard.

Verlène regarda autour de lui.

— C'est pourtant sympa ici…

— Oui, c'est sympa. Alors, calmez-vous et posez votre arme.

Il semblait ne pas avoir entendu. Verlène releva le canon de son Colt.

— Et dire que j'ai fait tout ça pour mon frangin ! Bah, ça en valait peut-être la peine. Il va me dire tout à l'heure. Allez, petite flic… Adieu…

Avant que Sarah ne puisse intervenir, il avait posé le canon du 11.43 sur sa tempe. Un millième de seconde plus tard, il était mort.

*

*   *

La disparition de Verlène Leboi éteignait l'affaire. Sarah et Arthur s'étaient longuement interrogés sur cette histoire. Comment ces événements si étrangers l'un à l'autre avaient-ils pu se croiser ? L'Histoire, affirmait-on dans les livres, n'avait de sens que si les hommes la conduisaient, la contrôlaient. Ici, il n'y avait rien de tout ça. Comment aurait-on pu rattacher au grand mouvement de l'Histoire ces banalités ? Où étaient donc les grands hommes, les héros mythiques, ces personnages caparaçonnés de cuir et d'acier noir qui nourrissaient les légendes ? Personne ici n'entendait de galops de chevaux, de cliquètements d'armes battant au flanc de cavaliers porteurs de flammes aux couleurs de leur seigneur. Rien de tout cela n'avait de sens.

Siméon, exécuté par les tueurs anglais, était tout simplement un spécialiste des systèmes de téléguidage. Parmi les pièces de machines agricoles, "l'Emaël Sharon" transportait surtout des cerveaux électroniques en pièces détachées.

Il avait passé la journée à les régler. Son contrat prévoyait une très grosse somme d'argent, plusieurs millions de francs qu'il encaissait à la suite de son travail. C'est cet argent qui se trouvait dans le bagage ramassé par Verlène.

Ce qu'ignoraient les hommes du chantier sur l'île c'est que "l'Emaël Sharon" avait également à bord deux équipes de nageurs de combat. Ils avaient piégé, de nuit, les bateaux en construction et les cuves. Les règlements des horloges avaient déclenché l'explosion en pleine nuit, 24 heures après le départ du navire.

*

*   *

Le développement de l'affaire lui avait donné d'autres proportions. Une enquête judiciaire avait permis de découvrir que le créateur du chantier naval de l'époque était mort plusieurs années auparavant, abattu à l'occasion d'affrontements politiques dans le Golfe Persique. Il avait pour rôle d'alimenter en matériel et en armes, et sans états d'âme, diverses factions terroristes ou activistes. Sous couvert de livraison à des pays du Sud, ses chalutiers devaient servir à transporter des mercenaires, matelots d'occasion et soldats de fortune. La plupart des hommes qui l'accompagnaient, avaient, depuis, été éliminés ou condamnés à la prison à vie. Ils étaient rares à être morts dans leur lit. Les deux vedettes en construction n'étaient que les premières d'une série de bateaux rapides, armés, capables de s'enfoncer très avant sur les grands fleuves.

Des explorations judiciaires plus approfondies sur l'île du Chupen avaient permis de retrouver le chargement du "Mara Dromna". Parmi les citernes qu'avait fait creuser De Brassin, l'une d'entre elle contenait des fortunes en ivoire et en diamants bruts.

ÉPILOGUE

Il faisait encore nuit. Jean-Gabriel passait dans la rue de Kerlannick. Son vieil ennemi le crachin s'était remis de la partie. Une forme jaune déboucha lentement de l'impasse Francis Kornbout. Jean-Gabriel crut que son cœur s'arrêtait. Alors, “elle” était revenue ! Il continua à marcher, les mains dans les poches.

— Bonjour, dit Angélique. Comme promis, voilà votre matelot.

Jean-Gabriel bafouilla :

— Mais… mais… il fait un temps de chien !

— Justement. Et je vous ai dit que je savais naviguer. Il vous faudra bien quelqu'un, un jour, pour vous aider.

Elle le prit par le bras en disant :

— J'adore le crachin breton. Pas vous ?

— Moi aussi, bredouilla-t-il. Surtout depuis ce matin.

Il hésita :

— Angélique, connaissez-vous Yokohama ?

FIN

Brémoguer, mai 2003.

125, Vieille Route de Rosporden - 29000 Quimper
E-mail : editions.alain.bargain@wanadoo.fr
Site internet : perso.wanadoo.fr/editions.bargain

Dépôt légal n°4 - 2e trimestre 2003
ISBN 2-914532-25-3 — ISSN 1281-7813
Imprimé en France